AF215853

Mörderische Drinks

Günther Tabery

Bibliografische Information der Deutschen Nationalbibliothek:

Die Deutsche Nationalbibliothek verzeichnet diese Publikation in der Deutschen Nationalbibliografie; detaillierte bibliografische Daten sind im Internet über: http://dnb.dnb.de abrufbar.

© 2019 Günther Tabery

Cover: Jutta Schultz, Berlin

Herstellung und Verlag:

BoD – Books on Demand, Norderstedt

ISBN: 978-3-7504-1857-8

Martin setzte die Klinge an. Er hasste es, sich zu rasieren. Es war für ihn ein lästiges Übel. Er tat es nur, wenn er etwas Besonderes vorhatte und einen guten Eindruck machen wollte. In der Regel trug er einen Dreitagebart, der ihm gut stand und mit dem er sich wohl fühlte. Plötzlich sah er, wie am Hals eine Stelle zu bluten begann. Wenn er aufgeregt war, neigte er dazu, hektisch und unkonzentriert zu werden. Er ärgerte sich, und stieß ein unterdrücktes Fluchen aus. Dass ihm das gerade heute passieren musste! Heute, wo er ein Date hatte! Nachdem er fertig war, nahm er Toilettenpapier, riss ein kleines Stück ab und drückte es auf die blutende Stelle. Er blieb einen Moment vor dem Spiegel stehen und sah sich an. „Pamela", hauchte er leise. Er hatte sie auf Anraten seines besten Freundes Gerald in einem Internetportal kennengelernt. Er wusste nicht viel von ihr. Beide hatten wenig Lust gehabt, persönliche Dinge in einem Chat auszutauschen. Stattdessen wollten sie sich zeitnah zu einem ersten realen Date treffen. Er sah ihr schönes Gesicht vor seinem inneren Auge. Sie hatte ihm ein Bild von sich geschickt. Die haselnussbraunen Augen schauten unbeschreiblich sanft und ihr Lächeln strahlte einnehmend. Er mochte es gerne und er hoffte, dass sie so war, wie er es sich ausmalte. Er lächelte voller Vorfreude.

Dann veränderte sich sein Blick. In ihm stieg plötzlich ein Gefühl der Einsamkeit und Trauer empor. Unweigerlich dachte er an Veronika, seine Frau. Sie hatte sich vor einem Jahr von ihm getrennt, nachdem sie einen Liebhaber gehabt hatte und sich über ihre Gefühle im Unklaren war. Sie zog aus der gemeinsamen Wohnung aus, um Abstand zu gewinnen. Bis heute fand sie den Weg zu Martin nicht zurück. Geschieden waren sie noch nicht, weil er dazu noch nicht bereit war. Immernoch hoffte er insgeheim, dass sie eines Tages zu ihm zurückkommen würde. Sie war die Frau in seinem Leben, die er immer im Herzen trug, egal was passieren würde. Er schluckte bitter und zwang sich, seine Gedanken neu zu ordnen. Er musste versuchen, im Hier und Jetzt und nicht in der Vergangenheit zu leben. Er musste nach vorne blicken und seiner Zukunft eine Chance geben.

Er holte tief Luft und seufzte. „Also gut", ermahnte er sich, verließ das Badezimmer und zog sich an. Das Date sollte in einem griechischen Restaurant in der Südweststadt Karlsruhes stattfinden. Der Tisch war auf seinen Namen reserviert. Wer zuerst kam, sollte schon Platz nehmen.

Er stieg in seinen Corsa und fuhr von Bruchsal aus, wo er lebte, nach Karlsruhe. Auf der Fahrt versuchte er die Gedanken an Veronika und das Gefühl der Untreue ihr gegenüber zu unterdrücken. Einzig Pamela und ihr schönes Foto sollten nun das sein, an das er denken wollte. Sogar ein kleines bisschen Vorfreude spürte er, gepaart mit einer ordentlichen Portion Aufregung.

Das Restaurant lag in der Welfenstraße. In der unmittelbaren Umgebung fand er keinen Parkplatz. So fuhr er ein paar Mal ums Viertel, bis er eine freie Lücke fand. Er stieg aus, legte leger seine leichte Sommerjacke über die Schultern und schlenderte in Richtung Welfenstraße. Als er in die Straße einbog, sah er in etwa 200 Metern Entfernung das Restaurant. Einige wenige Gäste saßen draußen. Doch auf Grund des unbeständigen Wetters heute hatte er einen Tisch im Inneren des Restaurants reserviert. Je näher er kam, desto aufgeregter wurde er. Vielleicht war sie gerade jetzt auch auf dem Weg und vielleicht beobachtete sie ihn bereits? Dann sah er aus der Ferne, wie sich eine attraktive, brünette Frau vor dem Restaurant umblickte. „Das muss sie sein", sagte er sich. Er beschleunigte seinen Gang. Doch da kam ein Mann auf die besagte Frau zu und sprach sie an. Diese drehte sich zu ihm um und beide begannen ein angeregtes Gespräch miteinander. „Schade!", flüsterte er. Sein Gang wurde wieder langsamer. „Das wird sie dann wahrscheinlich doch nicht sein."

Wenige Augenblicke später blickte er sich unsicher um und ging hinein. Ein Kellner führte ihn zu dem Tisch. Pamela war noch nicht da. Er setzte sich so, dass er die Tür sehen konnte. Sie würde jeden Moment hereinkommen. Das Herz begann zu klopfen. Er hatte wenig Erfahrung mit Frauen und Dates. Mit Veronika war er viele Jahre lang verheiratet und davor sehr lange Single gewesen. Er wusste nicht recht, wie man sich bei einem Date verhalten oder was man sagen sollte. Verkrampft kam er sich vor. Das fühlte sich nicht gut an. Um sich zu lockern, beschloss er beim Kellner eine Flasche Sekt mit zwei Gläsern zu bestellen. Dies würde bestimmt einen guten ersten Eindruck auf sie machen. Nach einigen Augenblicken standen die Flasche und die Gläser vor ihm. Er blickte auf die Uhr. Es war schon zehn Minuten nach neunzehn Uhr. Er atmete tief ein. Sie würde bestimmt gleich kommen. Immer wieder blickte er in Richtung Tür. Das Restaurant war sehr gut besucht. Die Kellner trugen emsig wohlriechende Gerichte zu den Tischen. Martin mochte die griechische Küche. Besonders freute er sich auf das würzige Zaziki, das zu allen Fleischgerichten sehr gut schmeckte. Er verspürte ein kleines Hungergefühl. Dann blickte er in Richtung Küchentür, aus der die Köstlichkeiten getragen wurden.

„Hallo Martin", hörte er eine fremde Stimme.

Er drehte sich ruckartig um. Da stand sie, Pamela. Er wunderte sich ein wenig. War es doch die attraktive, brünette Frau, die er vor dem Restaurant gesehen hatte und die von einem Mann angesprochen wurde. Dann lächelte er sie an. Sie sah genau so aus, wie auf dem Bild. Braune, kinnlange Haare, haselnussbraune Augen und ein strahlendes Lächeln.

„Hallo Pamela, bitte setz dich!"

Sie zog ihren Bolero aus und legte ihn über die Stuhllehne. Das sandfarbene, schulterfreie Kleid sah sehr anziehend aus. In Martins Kopf blitze es. Ihm fielen unzählige Details auf, wie ihre kurzen, rotlackierten Fingernägel, die beiden goldfarbenen Ringe, die kleinen Ohrstecker, die hinter ihren offenen Haaren durchblitzten oder der braune, schmale Gürtel, der ihre Taille betonte. Ihre grazile Figur hatte nichts Zerbrechliches. Sie verfügte auch über körperliche Stärke, mutmaßte er.

Sie lächelten sich an. Niemand sagte etwas. Dann merkte er, wie sie ihn vom Scheitel bis zu den Händen taxierte und anschließend nachdenklich anschaute. Martin nahm die Flasche Sekt in die Hand und fragte, ob er ihr etwas einschenken sollte. Kurz danach stießen beide mitcinander an. Dann eröffnete Martin etwas stockend das Gespräch:

„Es ist schön, dich kennen zu lernen. Es ist viel besser, ein persönliches Gegenüber zu haben, als Wörter in einen Computer zu tippen."

Sie lächelte leicht und nickte, sagte aber nichts darauf, was ihn etwas verwunderte. Etwas verunsichert sprach er weiter:

„Ich bin ja etwas aufgeregt, das muss ich schon sagen. Es war die Idee eines Freundes, sich bei dem Internetportal anzumelden. Und schau, nun sitzen wir gemeinsam hier, in der Realität! Das hätte ich nicht für möglich gehalten!" Er lachte kurz aufgeregt auf. Das Gespräch verstummte wieder. Martin räusperte sich und blickte verlegen auf den Tisch. Dann nahm er einen weiteren Schluck Sekt.

Nach einer Pause fragte sie mit einem etwas monotonen Unterton: „Ist es dein erstes Date?"

Martin bejahte. Er versicherte, ganz unbedarft zu sein, was das Daten betraf. Erfahrungen mit Frauen hatte er schon. Er überlegte kurz, befand aber, dass er von seiner Ehe mit Veronika zunächst nichts sagen wollte. Schließlich hatte er als Teenager ja auch schon Mädchen kennen gelernt.

„Ich habe leider schon einige Erfahrungen sammeln müssen", begann sie ungeniert und vollführte dabei eine flatternde Handbewegung. „Ach, was habe ich schon alles erlebt! Da stimmte nichts mit dem überein, was mir vorher geschrieben wurde. Es ist ein großes Glück, wenn es wirklich passt. Aber die meisten Dates sind furchtbar langweilig! Man weiß doch gleich zu Beginn, in den ersten drei Sekunden, ob es passen könnte oder nicht. Und wenn es nicht passt, muss man trotzdem den Abend miteinander verbringen. Und das kann mitunter sehr anstrengend sein!" Sie begann plötzlich hysterisch zu lachen und nahm die Hand vor den Mund. „Ach Gott, was sage ich denn! Das ist mir nur so rausgerutscht! Tut mir leid. Das war ja ganz unpassend!" Wieder lachte sie, um das Gesagte zu überspielen. Dabei beugte sie sich nach vorne und berührte ihn am Arm.

Martin schaute mit aufgerissenen Augen auf ihren großen lachenden Mund. Seine Aufregung war schlagartig verschwunden. Das, was sie sagte, war wirklich ganz unpassend, gerade in der Anfangsphase ihres Kennenlernens. Damit hatte er nicht gerechnet. Es schien so, als ob Pamela kein Interesse an ihm hatte, eher gelangweilt war. Wieso sonst würde sie so etwas sagen?

Martin hörte in sich hinein. So ganz Unrecht hatte sie mit ihrer Aussage vielleicht nicht. Auch er hatte sie zu Beginn beobachtet, Ihre Ausstrahlung wahrgenommen und sofort beim Klang ihrer scharfen und überspannten Stimme gespürt, dass seine Vorstellungen von dem hübschen Bild mit dem, was er nun sah und hörte, so gar nicht übereinstimmte. Das gestand er sich jetzt ein.

Ihr schien es vielleicht ähnlich zu gehen, dachte er. Nachdem sie aufgehört hatte zu lachen, blickte sie ihn ernst an und sagte nach einer langen Pause offen und entschieden: „Es tut mir wirklich leid, Martin. Aber ich glaube, das passt nicht so richtig mit uns. Du hast eine ganz andere Ausstrahlung, als ich es mir vorgestellt hatte. Sei mir nicht böse, das hat nichts mit dir zu tun."

Martin nahm daraufhin einen großen Schluck Sekt. Sie stand auf und wollte sich gerade ihren Bolero überziehen, da sagte Martin: „Ja, das stimmt. Ich hatte es mir auch ganz anders vorgestellt. Aber das macht ja nichts! Ich meine, wir beide sind jetzt nun mal hier. Wenn du Lust hast, dann können wir doch trotzdem etwas zusammen essen, auch wenn es kein Date ist und wir nichts voneinander wollen oder? Nur zum Spaß."

Sie schaute ihn etwas erstaunt an. Martin wusste nicht recht, was in ihr vorging. Sie überlegte offenbar, dann begann sie zu lächeln und ihr Körper wurde weich. Sie legte den Bolero ab und setzte sich erneut ihm gegenüber. Martin nahm eine Veränderung an ihr wahr, wusste aber nicht, wie er sie einzuordnen hatte.

Er beschloss, zuerst das Essen zu bestellen. Dann hatten beide etwas zu tun und keiner musste in diesem Moment Konversation betreiben. Er dachte nach. Es war also kein Date. Ziemlich schnell hatte sich das herausgestellt. Darüber war er etwas traurig aber zugleich auch erleichtert. Es fühlte sich nicht so schlecht an und seine Verkrampfung löste sich zusehends. Er musste nicht mehr darauf achten, dass er sich möglichst gut präsentierte oder etwas Geistreiches sagte. Er konnte so sein, wie er wirklich war.

„Und was machst du beruflich?", fragte er, nachdem das Essen bestellt war.

„Ich bin Altenpflegerin", antwortete sie, während sie an ihrem Sekt nippte.

Dies erklärte Martins ersten Eindruck, dass sie auch über eine gewisse körperliche Stärke verfügte. Denn nach allem, was er über den Beruf wusste, konnte dieser durchaus körperlich sehr fordernd sein.

„Ich arbeite bei der Agentur „Krutznow-Tagespflege" hier in Karlsruhe. Diese vermittelt mich an ältere Damen, die pflegebedürftig sind. Ich muss dort waschen, anziehen, betten, Essen geben, manchmal auch einkaufen und nötige medizinische Behandlungen durchführen oder dabei unterstützen. Alles, was so anfällt. Ich bin Mädchen für alles."

Martin war erleichtert. Auch bei ihr schien es so zu sein, dass die Anspannung abgefallen war. Sie schien nun ganz entspannt zu sein. Ihre anfängliche Reserviertheit und ihr Desinteresse waren verschwunden.

„Das hört sich anstrengend an", sagte er. „Wie viele Patientinnen hast du denn zu pflegen?" Martin wusste, dass in diesem Bereich Mangel an Personal herrschte.

„Ich betreue bis zu drei Personen am Tag. Das kann sehr fordernd sein. Kürzlich sind zwei ältere Damen verstorben, so ist es im Moment nur eine. Ich finde den Beruf toll. Ich arbeite sehr selbstbestimmt. Er ist sehr sinnvoll und man bekommt viel zurück."

„Wie groß ist denn diese Agentur? Ich meine, hast du viele Kollegen?"

„Ja, ich habe einige Kolleginnen. Meine beste Freundin Bianca arbeitet auch bei dieser Agentur. Wir sind ein sehr gut funktionierendes Team." Ihre Augen blitzten stolz auf.

Nach einer Pause fragte sie nach Martins Beruf. Dieser erzählte von seinem langjährigen beruflichen Werdegang als angestellter Fotograf im Studio Foto-Schönit in Karlsruhe und dem Verlust der Stelle vor einem Jahr. Seitdem arbeitete er freischaffend als Hochzeitsfotograf, was schnell ganz gut angelaufen war.

Er war selbstständig in seiner Arbeit und konnte entscheiden, was er wann tun wollte.

Das Essen wurde serviert. Das Gespräch verstummte für einen Moment und ihre Aufmerksamkeit richtete sich auf das wohlschmeckende Mahl. Plötzlich bemerkte Martin, wie Pamela mit ihren Augen etwas in der hinteren Ecke des Restaurants fixierte. Sie stieß ein leises: „Oh, mein Gott!" aus. Martin drehte sich um und erblickte einen Mann, etwa in seinem Alter, der alleine an seinem Tisch saß und zu ihnen herüberschaute. Sein Ausdruck war seltsam. Er blickte sehnsuchtsvoll und traurig, fast ein bisschen demütig drein.

„Das darf nicht wahr sein!", zischte Pamela.

„Was ist?"

„Dass er sich das getraut! Mir ständig diese schwülstigen Briefe schreiben ist eine Sache, aber mich verfolgen, mir nachzuspionieren, ist eine andere! Das akzeptiere ich nicht!"

Martin war erstaunt, wie sich schlagartig ihr Ausdruck änderte. Eiskalt und verächtlich schaute sie zu diesem Mann hinüber. Dann stand sie auf und ging zu ihm an den Tisch. Martin konnte nicht hören, was sie mit ihm sprach. Er sah nur, dass sie sehr aufgebracht und wild gestikulierte, während er eine zunehmend beschwichtigende Haltung einnahm. Dann beobachtete

Martin, wie er ihr ein kleines Präsent überreichen wollte. Sie riss es ihm aus der Hand und warf es auf den Boden. Dann drehte sie sich um, trat auf das Geschenk und kam wieder zurück zu Martins Tisch.

„Das wird er nicht mehr wagen! Und wenn ich ihn noch einmal in meiner Nähe sehe, dann rufe ich die Polizei."

„Wer ist denn das?""

„Ein Mann, den ich einmal gedatet habe. Aber es hat nicht gepasst. Zumindest nicht für mich. Er ist total vernarrt in mich und kann ein `Nein´ nicht akzeptieren. Es ist nicht das erste Mal, dass er mir folgt. Ich hasse ihn! Er macht mir Angst."

Martin drehte sich nochmal um und sah, wie der Mann das Geschenk liebevoll aufhob und auf den Tisch legte. Dann blickte er ihm unmittelbar in die Augen. Eiskalt lief es Martin den Rücken hinunter, denn was er spürte, war purer Hass.

Pamela wurde unruhig und bat: „Bitte lass uns gehen! Ich muss hier weg! Ich fühle mich hier nicht mehr sicher!"

„Natürlich", stammelte Martin mitfühlend. „Ich begleite dich gerne nach Hause. Er wird dir nichts tun." Er bat den Kellner, die Rechnung fertig zu machen. Dann bezahlte er und sie verließen das Restaurant. „Wo wohnst du denn?"

„Ich wohne am Kolpingplatz, das ist zu Fuß nur wenige Minuten entfernt."

„Ich kenne den Kolpingplatz. Lass uns gehen."

Pamela hakte sich bei Martin ein und beide liefen entlang der Welfenstraße in Richtung Karlstraße. Immer wieder blickte sie sich ängstlich um, doch der Mann war nirgends zu sehen.

Der Kolpingplatz lag, wie Pamela sagte, nur zwei Gehminuten direkt an der Karlstraße. Als sie vor der Eingangstür standen, bat Pamela Martin, noch mit hinauf zu kommen. Martin nickte. Natürlich würde er sie in dieser Situation nicht allein lassen. Sie stiegen in den zweiten Stock hinauf. Kurz nachdem die Tür geschlossen war, löste sich Pamelas Anspannung. Hier in der Wohnung fühlte sie sich sicher.

Als Martin die Wohnung betrat, fiel ihm sofort auf, wie akkurat eingerichtet und vor allem wie ordentlich die Wohnung war. Er war noch nie in einer Wohnung, in der die Schuhe nach Farben sortiert aufgereiht auf einem Ständer standen. Ebenso gab es keinen Nippes oder dergleichen, der auf den Ablagen lag. Sie führte ihn ins Wohnzimmer. Fast schon steril schien es hier zu sein. In einem Regal befand sich die Hausbar und die Flaschen waren in bemerkenswerter Art und Weise aufgestellt. Wie die Orgelpfeifen standen sie geordnet nach ihrer Größe mit dem Etikett in die gleiche Richtung weisend. Die Anordnung der Cocktailgläser beispielsweise glich, wenn man von oben darauf schaute, dem Muster einer Raute. Jede Art von Gläsern hatte eine andere geometrische Form.

„Bemerkenswert", flüsterte Martin. Er kannte solch eine Akribie nur von verschrobenen Charakteren aus diversen Romanen. Hercule Poirot von Agatha Christie war solch eine Figur.

Pamela blickte Martin an und meinte nur: „Ich weiß, meine Ordnung macht auf die meisten Gäste ungeheuren Eindruck."

„Ist das dein Hobby? Ich meine, alles zu ordnen und zu kategorisieren?"

„Ja, so kann man es nennen. Ich liebe Ordnung und Struktur. Ich kann es nicht haben, wenn etwas durcheinandergerät." Sie setzte sich auf die Couch und bot Martin einen Platz ihr gegenüber an. „Und du, Martin, hast du auch ein Hobby?"

Martin dachte einen Moment lang nach. „Ich denke ähnlich wie du. Ich mag auch keine Unordnung. Ich mag es nicht, wenn Dinge unklar und verborgen bleiben. Ich will Klarheit und Gewissheit. Weißt du, ich liebe

Kriminalromane und ich durfte schon mehrere Male auch im richtigen Leben in Kriminalfällen ermitteln."

„Du bist Polizist? Das hast du mir nicht erzählt."

„Aber nein, ich bin Fotograf." Er hob stolz den Kopf: „Aber ich geriet rein zufällig in Mordfälle und durfte mitarbeiten."

„Mordfälle?", Pamela erschrak.

Martin versuchte sie zu beschwichtigen.

„Ich habe noch nie etwas mit der Polizei zu tun gehabt", beteuerte Pamela. Dann runzelte sich ihre Stirn. Sie hob den Zeigefinger: „Nein, das stimmt nicht ganz. Gestern wurde bei meiner Mutter eingebrochen. Da rief sie mich an, ich sollte kommen. Ich musste mit den Polizeibeamten sprechen."

„Oh, das ist ja furchtbar! Ist denn viel gestohlen worden?"

„Nein, nur etwas Bargeld und Schmuck. Sonst war noch alles da." Pamela stand auf und ging hinüber zur Hausbar. „Möchtest du einen Schluck trinken? Wie wäre es mit einem Martini? Ich liebe Martini!" Sie nahm eine verführerische Pose ein, als ob sie in einem Werbespot mitspielen und das neueste Angebot anpreisen würde.

Martin mochte Martini nicht. Er bat sie, ihm einen Gin-Tonic zuzubereiten. Das tat sie gerne. Fast schon professionell hantierte sie mit den Flaschen. Und kurze Zeit später saßen beide bei Martini und Gin-Tonic auf der Couch. Was sich im Verlauf des Abends anfangs noch als eher zäh und gestelzt angefühlt hatte, wurde spätestens bei der zweiten Runde Alkohol zusehends lockerer. Pamela warf ihren Kopf oft lachend in den Nacken. Sie räkelte sich lasziv auf der Couch und machte zweideutige Bemerkungen. Auch Martin wurde gelöster. Dann entschuldigte sie sich und verschwand für einen Moment im Bad. Martin blieb alleine zurück. Die Stimmung war sehr ausgelassen und irgendwie enthemmt. Er öffnete die oberen Knöpfe seines Hemdes. Da kam sie wieder ins Wohnzimmer zurück. Sie hatte sich umgezogen und ein verführerisches mit Spitze versehenes, fast durchsichtiges Nachthemd an. Martins Augen weiteten sich und er musste schlucken. Sie kam langsam auf ihn zu. Dann setzte sie sich auf seinen Schoß. Sie nahm sein Glas aus der Hand, stellte es auf den Couchtisch und küsste ihn sanft auf den Mund. Martin liebte das Gefühl. Ihre weichen Lippen schmiegten sich perfekt an. Martin umarmte sie und aus dem anfänglich zärtlichen Kuss wurde ein leidenschaftliches und wildes Liebesspiel.

2

Ein Telefon klingelte. Martin räkelte sich langsam und stieß dabei einen grunzenden Laut aus. Er vernahm den störenden Klang wie aus weiter Ferne. Wie ein dumpfes Geräusch hallte es in seinem Kopf. Seine Augen waren geschlossen. Er drehte sich auf die Seite. Wieder klingelte es. Er seufzte. Dann spürte er einen unsäglichen Schmerz. Sein Kopf! Er tat ihm weh, wenn er sich bewegte. Es spielte eine Ansage ab. Er runzelte die Stirn. Er vernahm eine ihm bekannte Stimme, dann ein Piepen und anschließend eine aufgeregte Frauenstimme: „Pamela? Bist du zu Hause? Ich platze vor Neugier! Blieb er über Nacht? Du weißt, ich möchte alle Details hören. Ruf mich an!"

Martin hatte die Augen immer noch geschlossen. Nur langsam kam er zu Sinnen. Sein Bett zu Hause fühlte sich anders an. Angestrengt dachte er darüber nach, wo er gerade war. Er versuchte sich zu erinnern, doch sein Kopf tat so weh und ihm war übel. Es fühlte sich an, als ob er unheimlich viel Alkohol getrunken hätte. Allmählich öffnete er die Augen. Das Licht war gleißend hell. Es musste schon spät sein. Er lag in einem fremden Schlafzimmer, das wusste er. Krampfhaft versuchte er sich zu erinnern, bei wem er gestern Abend gewesen war. Er drehte sich nach links und erblickte eine schlafende Frau. Die Bettdecke lag halb über ihrem Gesicht. Da fiel es ihm ein. Er war mit Pamela essen. Sie nahm ihn mit in ihre Wohnung und sie tranken Gin-Tonic und … weiter kam er nicht. Er konnte sich überhaupt nicht daran erinnern, was weiter geschah. Sein Kopf, er tat so weh!

Dann berührte er behutsam Pamela, um sie zu wecken. Sie reagierte nicht. Langsam zog er ihre Decke aus dem Gesicht. Da sah er, dass ihre Augen weit geöffnet waren. Ihr Gesicht war blau angelaufen. Blitzartig zuckte er zusammen. Er saß im Bett regungslos in Schockstarre. Sein Puls raste. Dann sah er, dass ihr Hals mit dem braunen Gürtel ihres Kleides umschlungen war. Er keuchte: „Sie wurde erwürgt! Aber wer …?" Krampfhaft versuchte er sich zu erinnern, was gestern geschehen war. „Erinnere dich!", zwang er sich. „Irgendjemand musste noch gekommen sein, sonst …" Weiter kam er nicht. Er schluckte. „Scheiße!", stieß er aus. Blitzschnell stieg er aus dem Bett und lief hin und her. „Erinnere dich!" Doch an alles, woran er sich erinnern konnte war, dass Pamela ihm einen Drink eingeschenkt hatte. „Nochmal, wir kamen in die Wohnung, wir setzten uns und tranken …" Alles andere war weg! Wie nicht erlebt. Er hatte einen Filmriss, der von den Drinks gestern Abend bis heute Morgen reichte. Dumpf und ermattet stand er da. „Oh, mein Gott! Habe ich mit ihr geschlafen?" Er blickte auf den Boden und sah ihr Nachthemd zerrissen vor dem Bett liegen. Wankend lief er ins Wohnzimmer. Auf dem Tisch standen ihre beiden Gläser. In der Hausbar waren die ganzen Flaschen. Er blickte etwas verstört auf das Arrangement. Aber das war jetzt in diesem Moment nicht wichtig. Seine Kleidungsstücke lagen verstreut auf dem Boden. „Also habe ich mit ihr geschlafen. Da gibt es keinen Zweifel!" Hastig suchte er seine Sachen zusammen und zog sich an. Er verspürte den Drang, so schnell es ging und möglichst ungesehen aus der Wohnung zu fliehen. Er hatte nicht den Mut, die Polizei zu verständigen, da er selbst nicht wusste, was vorgefallen war. Es konnte alles geschehen sein! Er versicherte sich, dass er alle seine persönlichen Dinge bei sich hatte und lief zur Tür. Als er sie aufmachen wollte, merkte er, dass diese verschlossen war. Der Schlüssel steckte von innen in der Tür. Er drehte den Schlüssel und verließ die Wohnung. Schnell und leise schlich er im Treppenhaus hinunter. Als die Haustüre ins Schloss fiel, atmete er tief durch. Er schaute sich nach allen Seiten um. Er rannte zu seinem Auto, das zwei Querstraßen entfernt stand. Zitternd drehte er den Zündschlüssel um. Schnell fuhr er nach Bruchsal zurück.

Als er in seiner Wohnung ankam, schloss er die Tür und drehte den Schlüssel zwei Mal um. Er ließ die Rollläden herunter und kauerte sich in die hinterste Ecke seines

Wohnzimmers. Die Kopfschmerzen und die Übelkeit waren immer noch da und er fühlte sich matt. Er hatte unbeschreibliche Angst. War er ein Mörder? Könnte er jemandem Gewalt antun? Er wusste es nicht und das machte ihn wahnsinnig.

„Ich muss mich stellen", flüsterte er. „Sie werden mich sowieso finden!" Er schüttelte den Kopf. Eine Träne rann ihm über die Wange. „Sie werden glauben, dass ich es war!", sprach er mit sich selbst. „Ich habe mit ihr geschlafen, das werden sie als erstes herausfinden. Der DNA-Test wird es beweisen. Vielleicht habe ich sie vergewaltigt?" Er kniff die Augen zusammen und stöhnte auf. „Die Tür war von innen verschlossen. Unmöglich, dass sich jemand Drittes Zutritt verschafft haben könnte. Keiner war da! Es muss so sein! Ich muss sie aus irgendeinem Grund erwürgt haben! Wenn ich mich doch nur erinnern könnte!" Er zog die Knie an seine Brust und drückte sich an die Wand. Klein und hilflos fühlte er sich.

Die Leiche würde wahrscheinlich schnell gefunden werden. Er erinnerte sich an den Anruf. Eine Freundin wollte Details von ihrem Date wissen. Vielleicht hatte Pamela seine Kontaktdaten irgendwo aufgeschrieben? Es war nur eine Frage der Zeit, bis sie hierherkommen und ihn festnehmen würden, da war er sich sicher. Was sollte er jetzt tun?

Die einzige Person, der er sich anvertrauen würde, war Veronika. Seine geliebte Frau. Sie kannte ihn am besten und würde an ihn glauben, auch wenn es unglaublich war. Aber würde sie kommen und ihm helfen? Sie hatten schon seit Monaten keinen Kontakt mehr. Er wusste nicht, wie es ihr ergangen war, ohne ihn. Er stand langsam auf, wischte sich die Tränen aus dem Gesicht und nahm das Telefon in die Hand. Die Nummer kannte er auswendig. Er hatte sie unzählige Male gewählt, aber dann doch wieder aufgelegt.

Als er ihre Stimme vernahm zitterte er: „Hallo Veronika?"

Am anderen Ende der Leitung war es für Sekunden still. Martin befürchtete, dass sie auflegen könnte.

„Hallo Martin", hörte er schließlich.

„Ich ... ich brauche deine Hilfe. Ich ...", dann brach er ab. Seine Stimme versagte.

„Martin, was ist los?"

„Ich habe jemanden umgebracht ... vielleicht ... ich weiß es nicht ... Veronika, ich weiß es nicht! Bitte, kannst du bei mir vorbeikommen? Schnell! Ich brauche dich!"

Stille. Veronika sagte nichts. Martin kam es wie eine Ewigkeit vor, in der nicht gesprochen wurde.

Schließlich antwortete sie: „Martin, du kannst nicht einfach bei mir anrufen, nach so einer langen Zeit und erwarten, dass ich alles stehen und liegen lasse und sofort zu dir komme. Was heißt das, du hast jemanden umgebracht? Bist du ganz von Sinnen?"

„Ich weiß nicht, an wen ich mich wenden soll! Bitte komm, ich werde dir alles erklären. Ich weiß nicht mehr weiter! Die Polizei wird vielleicht jeden Moment kommen und mich festnehmen."

Veronika atmete tief durch. „Martin, wenn es nur ein Vorwand ist …" Sie beendete den Satz nicht. Schnell fuhr sie fort: „Gut, ich komme." Dann legte sie auf.

Martin legte den Kopf in den Nacken und blickte an die Decke. Er hoffte, dass sie vor der Polizei da sein würde.

Nach etwa vierzig Minuten klingelte es an der Tür. Martin schaute zuerst durch den Spion, bevor er öffnete. Es war Veronika. Nachdem er geöffnet hatte, bat er sie schnell, hereinzukommen. Im Wohnzimmer saßen sie sich auf der Couch gegenüber. Sie blickte sich befremdet um, war es doch früher auch ihre Wohnung gewesen. Es hatte sich nichts verändert. Die Zeit schien stehen geblieben zu sein. Wie zwei Fremde, die sich in irgendeiner Art und Weise doch sehr vertraut waren, schauten sie sich an.

„Du schaust schlecht aus", bemerkte Veronika.

„Ich habe furchtbare Angst!"

„Also gut, was ist geschehen?" Veronika saß aufrecht da und hörte Martin zu, der ihr detailliert vom gestrigen Abend berichtete. Er endete mit: „Ich weiß nicht, ob ich es war. Ich kann mich einfach nicht daran erinnern. Du verstehst jetzt, warum ich mich so hilflos fühle?"

Veronika schaute ihn lange traurig an. Dass er sich mit einer anderen Frau gedatet hatte, gab ihr einen Stich. Warum es so war, vermochte sie nicht zu sagen. Aber sie konnte es ihm nicht verdenken, war sie es doch gewesen, die sich von ihm getrennt hatte. Es war nur eine Frage der Zeit, bis jeder seinen eigenen Weg gehen würde. In Wahrheit lag der Grund bei ihr, dass ihre Ehe nicht mehr funktionierte.

Sie ließ ab von dem Gedanken und sagte nachdenklich: „Es ist für mich ganz unvorstellbar, dass du einen Mord verübt haben sollst. Du, der sich immer so um Gerechtigkeit bemüht und niemandem etwas zu Leide tun kann. Ich müsste mich sehr in dir getäuscht haben. Und ich glaube nicht, dass du dich in den letzten Monaten derart verändert hast."

„Aber die Fakten sprechen gegen mich. Was ist, wenn ich tatsächlich schuldig bin?" Er schaute sie flehend an: „Veronika, ich weiß, wir hatten eine schwere Zeit und in den letzten fünf Monaten keinen Kontakt mehr. Ich weiß auch, dass du dein eigenes Leben hast, in dem ich keine Rolle mehr spiele. Aber dennoch, du bist die Person, die mich am besten kennt. Ich vertraue dir, was auch passiert. Ich bitte dich inständig, hilf mir! Wenn mich die Polizei abholt, werde ich keine Chance mehr haben, herauszufinden, was tatsächlich in der mir unbekannten Zeit geschah, zwischen den Drinks und dem Aufwachen heute Morgen."

„Was erwartest du von mir?"

„Dass du für mich Erkundigungen einholst und herausfindest, was tatsächlich geschah. Ich kann dir einen Anhaltspunkt geben: Geh zur Agentur `Krutznow-Tagespflege´, frage nach Bianca, das war Pamelas beste Freundin, die auch dort arbeitet. Vielleicht weiß sie etwas? Sammle alles, was du über Pamela herausfinden kannst, vielleicht ergibt sich daraus eine Spur? Vielleicht entdeckst du entlastendes Material? Versuche alles, was in deiner Macht steht. Bitte! Du hast es schon einmal getan, damals in Heidelberg mit mir zusammen. Ich weiß, dass du es kannst."

Veronika hatte ein schlechtes Gewissen, wegen der Trennung. Sie war schuld daran, dass es Martin schlecht ging. Vielleicht war das der Grund dafür, dass Veronika schließlich sagte: „Ich werde es versuchen. Ich kann nichts versprechen, aber ich werde es versuchen." Sie legte ihre Hand auf seine. „Jetzt heißt es einen kühlen

Kopf bewahren. Du musst dich der Polizei stellen. Warte nicht, bis sie dich finden. Das macht einen schlechten Eindruck. Gehe am besten gleich zu Hauptkommissar Frank, er kennt dich gut. Vielleicht bringt das was. Du wirst auf Grund der bedrückenden Indizien wahrscheinlich in Untersuchungshaft gebracht. Wir werden keinen Kontakt haben können. Sobald ich etwas herausgefunden habe und ich dich entlasten kann, melde ich mich über Frank."

Martin nickte. Das war die Facette ihrer Persönlichkeit, die er so liebte. Ihre Entschlossenheit und ihre Stärke, sich für eine Sache einzusetzen. Er bedankte sich bei ihr und fasste neuen Mut. Vielleicht würde Veronika etwas herausfinden. Es lag nicht mehr an ihm. Dann nahm Veronika das Telefon, das auf dem Couchtisch lag und reichte es ihm. Martin wusste, dass es Zeit war, bei der Polizei anzurufen. Er zog aus seiner Brieftasche eine Visitenkarte und wählte eine Nummer.

3

„Bitte warten Sie hier", bat eine Polizeibeamtin.

Martin und Veronika setzten sich. Die Polizeibeamtin verließ den Raum. Martin schaute Veronika angstvoll an, diese lächelte leicht, um ihn zu beruhigen. Sie gab ihm Hoffnung, das spürte er, in dieser aussichtslosen Situation. Er fühlte sich ihr nah und es tat ihm gut, dass sie neben ihm saß. Sie glaubte an seine Unschuld und würde bestimmt alles daransetzen, um herauszufinden, was wirklich geschah. Er vertraute ihr.

Die Minuten vergingen nur langsam. Der Raum war kahl eingerichtet. An der Decke spendete eine Neonröhre kaltes Licht. Hier ging es um klare Fakten, Verbrechen und Verhöre, das drückte der Raum durch seine Klarheit und Schlichtheit aus. Nichts Warmes oder Menschliches gab es hier.

„Ich weiß nicht recht, vielleicht sollten wir doch besser wieder gehen?", flüsterte Martin.

Veronika sagte nichts darauf. Sie schaute ihn bestimmt an. Martin verstand.

Nach einer Viertelstunde der Stille und Ungewissheit öffnete sich die Tür und Hauptkommissar Frank kam mit einem jungen Mann herein. Als er Martin sah, nickte er. Sie kannten sich gut, denn in bereits zwei Mordfällen hatten sie miteinander ermittelt. Er reichte Martin und Veronika die Hand und setzte sich ihnen gegenüber an den Tisch. Der junge Mann schaute ernst drein. Er nickte zur Begrüßung und blieb hinter Hauptkommissar Frank stehen.

„Guten Tag Herr Fennberg, Ich dachte nicht, dass wir uns so schnell wiedersehen, schon gar nicht in solch einem Zusammenhang. Ich war über Ihren Anruf sehr überrascht. Sie sind seine Frau?" Er blickte Veronika an.

Diese nickte leicht, sagte aber nichts. Sie fand es unpassend, in diesem Moment von ihrer Trennung zu sprechen.

Er schaute wieder zu Martin: „Sie gaben am Telefon an, dass sie vielleicht einen Mord verübt haben? Wie kann ich das verstehen? Haben Sie oder haben Sie nicht?"

„Ich weiß es nicht, ich kann mich nicht daran erinnern."

Hauptkommissar Frank kniff die Augen zusammen. „Wir kommen gerade von einem Tatort am Kolpingplatz. Eine junge Frau wurde in ihrem Bett erwürgt. Ihre beste Freundin hat die Polizei alarmiert. Bitte erzählen Sie mir alle Details, wenn Sie mit diesem Fall zu tun haben."

Martin schaute kurz zu Veronika und begann zögerlich. Er erzählte von dem Date mit Pamela und dem Essen beim Griechen. Er wollte sie nur nach Hause begleiten, als sie ihn noch zu sich in die Wohnung bat. Dort bot sie ihm Drinks an, die sie selbst zubereitete. Die Stimmung wurde ausgelassen. An mehr konnte er sich nicht erinnern. Er hatte einen Filmriss. Das erste, an das er sich erinnern konnte, war, dass sie tot neben ihm im Bett lag.

„Haben Sie viel Alkohol getrunken?"

An mindestens zwei Gin-Tonic konnte er sich erinnern. Dann setzte die Leere in seinem Kopf ein. Er konnte sich den Gedächtnisverlust nicht erklären.

„Vielleicht waren Drogen mit im Spiel. Wir werden es untersuchen. Sie werden nichts gegen einen Bluttest einwenden?"

Martin schüttelte den Kopf.

Hauptkommissar Frank setzte neu an: „Das war das erste Treffen mit ihr? Sie kannten sie zuvor nicht?"

Wieder schüttelte Martin den Kopf. Der junge Kommissar beugte sich zu Hauptkommissar Frank hinunter und flüsterte ihm etwas ins Ohr. Daraufhin fragte Frank: „Haben Sie mit ihr Geschlechtsverkehr gehabt?"

„Ich kann mich nicht daran erinnern."

„Sie wissen also nicht, ob sie mit ihr geschlafen haben, weder freiwillig oder mit Gewalt?"

Wieder verneinte Martin. „Aber es muss wohl so gewesen sein, wir lagen nackt im Bett. Ihr Nachthemd lag zerrissen vor dem Bett und meine Kleider lagen verstreut im Wohnzimmer auf dem Boden."

„Ja, das Nachthemd haben wir gesehen. Wir werden eine Speichelprobe entnehmen und die DNA vergleichen."

Martin blickte kurz zu Veronika hinüber, die sich alles aufmerksam anhörte. Dass er mit Pamela geschlafen haben könnte, schien ihr äußerlich nichts auszumachen.

„Waren Sie den ganzen Abend alleine? Anders gefragt, haben sie jemanden in der Wohnung bemerkt oder gesehen?"

Bitter antwortete Martin: „Nein, das tut mir leid, wir waren alleine. An einen anderen kann ich mich nicht erinnern." Er senkte den Blick.

„Die Eingangstür wurde nicht gewaltsam geöffnet. Es ist also unwahrscheinlich, dass jemand während Sie schliefen in die Wohnung gelangte und den Mord verübte." Hauptkommissar Frank tippte mit den Fingern auf den Tisch. Dann fügte er hinzu: „Wir werden die Fingerabdrücke untersuchen."

Hauptkommissar Frank stand auf und schaute aus dem Fenster. Er schüttelte den Kopf, drehte sich um und kam dicht an Martin heran: „Herr Fennberg, ich weiß aus der Vergangenheit, dass Sie ein Guter sind! Das haben Sie mehrmals unter Beweis gestellt. Sie haben einen Sinn für Gerechtigkeit und wissen, was richtig und falsch ist. Aber das hier sieht schlecht für Sie aus! Das gibt mir Rätsel auf. Sollte ich mich in Ihnen getäuscht haben?"

Martins Augen weiteten sich. Beide musterten sich einen Augenblick. Dann wurde Hauptkommissar Franks Blick wieder undurchsichtig. „Bitte verstehen Sie, ich muss Sie hierbehalten. Sie stehen unter dringendem Verdacht, Frau Pamela Rolsheim erwürgt zu haben."

Martin schluckte. Nun war es soweit. Er konnte dem nichts entgegensetzen. Hauptkommissar Frank gab Kommissar Tebald ein Zeichen. Dieser nahm Martin am Arm und führte ihn aus dem Raum. Veronika blieb mit Hauptkommissar Frank zurück.

„Frau Fennberg, es tut mir leid. Sie werden verstehen, dass ich nicht anders entscheiden konnte. Ihr Mann wird vorerst hierbleiben müssen. Wir werden alles daransetzen, den Mord aufzuklären, auch wenn dies bedeuten sollte, dass Ihr Mann schuldig ist."

„Das ist mir bewusst."

„Eins möchte ich Sie fragen: Wie ist es mit ihrer Ehe bestellt? Ich meine, wie kam es dazu, dass sich Herr Fennberg mit einer anderen Frau getroffen hatte?"

Veronika zögerte. Sie erzählte ihm von ihrem Verhältnis und der anschließenden Trennung. Nun mehr ein Jahr wohnten sie nicht mehr zusammen und seit Monaten hatten sie keinen Kontakt mehr. Geschieden waren sie noch nicht. Es war nur eine Frage der Zeit, bis Martin begann, sich nach anderen Frauen umzusehen.

„Glauben Sie, dass er schuldig ist? Trauen Sie es ihm zu? Sie kennen ihn besser als ich."

Veronika verneinte: „Sehen Sie, Martin kann es nicht ertragen, dass es Ungerechtigkeiten gibt. Er hatte immer den starken Wunsch, ausgleichend und vermittelnd zu handeln. Er würde niemandem Schaden zufügen, geschweige denn Gewalt antun. Das ist wider seiner Natur. Ich weiß nicht, was gestern Abend geschah. Aber ich bin mir sicher, dass es eine Erklärung für all das geben muss."

„Sie glauben also an seine Unschuld?"

„Er ist ein Opfer, das glaube ich."

Hauptkommissar Frank lächelte leicht. „Wir werden es herausfinden." Sie schauten sich einen kurzen Moment schweigend in die Augen. Da sah er die Entschlossenheit in ihrem Blick und spürte, dass sie nicht tatenlos warten würde, bis die Polizei zu einem Ergebnis gelangte. Ihr zuvorkommend sagte er: „Wenn Sie etwas Sachdienliches beisteuern können oder entlastende Indizien entdecken, lassen Sie es mich wissen."

Veronika bedankte sich bei Hauptkommissar Frank. Sie reichte ihm die Hand und verabschiedete sich mit den Worten: „Sie werden von mir hören. Haben Sie vielen Dank für Ihre Offenheit und Ihr Verständnis."

Dann verließ sie den Raum.

Veronika fuhr in ihre kleine Wohnung in der Nordstadt von Karlsruhe. Nach der Trennung von Martin war sie aus der gemeinsamen Wohnung in Bruchsal wieder zurück in ihre Heimatstadt gezogen. Sie machte sich einen Kaffee und setzte sich an den Küchentisch. Ihre Gedanken kreisten um Martin und ihre gemeinsam verbrachte Zeit. Es war eine ereignisreiche Zeit, eine Zeit der Findung und Reife. Sie hatte Martin viel zu verdanken und es tat ihr leid, dass ihre Gefühle für ihn durch den Alltag und die Gewöhnung erkaltet waren. Es gab keinen Weg zurück, zumindest konnte sie sich ein Zusammenleben mit ihm nicht mehr vorstellen. Dennoch spürte sie eine starke Verbundenheit und das Gefühl, in gewisser Art und Weise zu ihm zu gehören. Dass er einen Mord verübt haben sollte, das war für sie vollkommen unvorstellbar. Absurd der Gedanke, dass er jemandem etwas zu Leide getan haben könnte.

Sie musste ihm helfen, das war sie ihm schuldig. Doch sie wusste nicht recht, wie sie anfangen sollte. Sie dachte darüber nach, was Martin in dieser Situation machen würde. Wie würde er eine erste Tür öffnen können? Er hatte von einer Bianca gesprochen, Pamelas beste Freundin. An sie musste sie sich halten. Doch wie? Sie holte ihren Laptop und googelte zuerst die Agentur „Krutznow-Tagespflege". Tatsächlich gab es eine Homepage. Die Agentur hatte ihr Büro in der Oststadt von Karlsruhe in der Essenweinstraße. Sie notierte sich die Adresse. Dann klickte sie weiter auf den Button `Unser Team´. Es öffnete sich eine Seite, auf der Portraitaufnahmen von den Mitarbeiterinnen zu sehen waren. Sie entdeckte Pamela. Schön war sie gewesen, dachte sich Veronika. Martin hatte einen guten Geschmack. Kurz hielt sie inne und es überkam sie ein sonderbares Gefühl. Sie schüttelte den Kopf und schloss für einen Moment die Augen. Dann suchte sie schnell nach Bianca, der besten Freundin. Diese hatte ein kantiges Gesicht, kleine, runde Knopfaugen und einen Pagenschnitt. Unter dem Bild stand: `Bianca Juck´. Sie notierte diesen Namen. Neben den beiden Frauen waren noch vier weitere Pflegerinnen abgebildet. Diese waren für Veronika jedoch nicht wichtig.

Wie konnte sie nun mit Bianca Juck ins Gespräch kommen? Sie entschloss sich, ihr einen Brief zu schreiben, den sie in eine Kondolenzkarte stecken wollte. Diesen wollte sie für Bianca in der Agentur abgeben. Sie holte einen Bogen Briefpapier. In einem

Schuhkarton verwahrte sie unzählige Karten, aus denen sie eine passende heraussuchte, die mit einem schönen Spruch versehen war. In dem Brief erklärte Veronika ihre Situation mit der abschließenden Bitte, ihr zu helfen, die Wahrheit über Pamelas Tod herauszubekommen. Veronika war zufrieden. Sie steckte den Brief zusammen mit der Trauerkarte in einen Briefumschlag und verließ die Wohnung.

Eine halbe Stunde später stand sie vor einem großen, fünfstöckigen Haus in der Essenweinstraße. Beim Lesen der Klingelschilder bemerkte sie, dass sich einige Firmen und Büros hier niedergelassen hatten. Sie drückte den Klingelknopf. Die schwere Tür öffnete sich. Die Agentur „Krutznow-Tagespflege" befand sich im dritten Stock.

Als sie in die Agentur eintrat, wurde sie von einer älteren, großgewachsenen Frau empfangen. „Guten Tag, kommen Sie bitte herein. Warten Sie hier einen Augenblick, ich bin gerade in einem Telefongespräch." Die Frau wies auf einen Stuhl im Flur, dann verschwand sie in einem der hinteren Räume. Veronika setzte sich.

Veronika sah sich um. Sie war nicht alleine. Ein mittelalter, sehr gepflegter und leicht graumelierter Mann wartete ebenso. Er saß am anderen Ende des Flurs. Sie sah zu ihm hinüber, dann drehte er den Kopf und beide blickten sich in die Augen. Er lächelte und nickte leicht. Sie lächelte zurück. Verlegen wendete sie den Kopf wieder ab. Es war still im Flur, nur die Stimme der Frau am Telefon war durch die Tür zu hören. Die Minuten vergingen. Da stand der Mann auf und setzte sich neben sie. „Guten Tag", begann er, „sind Sie wegen einer Stelle hier?" Er hatte eine weiche, angenehme Stimme.

Veronika verneinte. Sie wusste nicht, dass eine Stelle neu besetzt werden sollte. Aber natürlich, dachte sie, sie sind wahrscheinlich stetig auf der Suche nach kompetentem Personal.

„Mein Name ist Robert, Robert Somsherr."

„Freut mich, Veronika Fennberg."

Beide reichten sich die Hände. Er lächelte sie an. Seine Augen flackerten für einen kurzen Moment.

„Bewerben Sie sich für eine Stelle hier?", fragte Veronika.

„Nein, ich bin hier, weil ich noch etwas Vertragliches klären muss. Meine Mutter wurde über diese Agentur gepflegt. Sie verstarb vor drei Wochen und nun müssen die Verträge gekündigt werden, Sie verstehen."

„Das tut mir sehr leid", sagte Veronika mit gedämpfter Stimme.

„Vielen Dank", erwiderte er.

Das Gespräch verstummte. Nach einer kurzen Pause fragte sie: „Waren Sie denn zufrieden mit den Dienstleistungen hier?"

„Ja, sehr. Das Personal ist kompetent und sehr freundlich. Das Preisleistungsverhältnis ist ausgezeichnet. Es war für mich und meine Mutter ein Segen, dass sie nicht in ein Heim gehen musste, sondern zu Hause gepflegt werden konnte."

„Ja, das kann ich mir vorstellen. Es ist gut, dass es Menschen gibt, die diesen wichtigen Beruf ausüben. Leider herrscht ein großer Mangel an Pflegepersonal."

„Das ist leider richtig."

Die Tür öffnete sich und die großgewachsene Frau steckte ihren Kopf heraus: „Herr Somsherr, kommen Sie bitte herein."

Er schaute Veronika an und sagte: „Nein, nein, ich kann warten. Diese Frau hat es bestimmt eiliger als ich." Dabei deutete er mit seinen Händen an, dass er ihr den Vortritt lassen würde. Veronika bedankte sich bei ihm und stand auf. Wenige Augenblicke später saß sie auf einem Stuhl im Büro.

„Guten Tag, Krutznow mein Name, sie sind wegen der Stellenausschreibung hier, Frau Dietmann, nehme ich an?" Sie suchte gerade in einer Schublade nach einem bestimmten Anmeldeformular.

Veronika schüttelte den Kopf und verneinte. Frau Krutznow sah erstaunt auf.

„Ich komme wegen des tragischen Todesfalles von Pamela Rolsheim. Heute Morgen fand man sie leblos in ihrer Wohnung."

Frau Krutznow bekam einen anteilnehmenden Gesichtsausdruck. Sie legte das Formular beiseite, faltete die Hände und sagte: „Ja, das ist so tragisch. Arme Pamela. Das kann ihr nur ein Verrückter angetan haben! Ich hörte, dass ein fremder Mann bei ihr in der Wohnung übernachtete. Man darf niemandem trauen! Das muss ein kranker Mann gewesen sein. Sind Sie eine Angehörige?"

Veronika wusste nicht recht, was sie ihr antworten sollte. Sie improvisierte eine Erklärung: „Wir waren als Kinder eng miteinander befreundet. Wir hatten uns seit einiger Zeit ganz und gar aus den Augen verloren. Da habe ich heute die Nachricht von meiner Putzfrau gehört, die auch in der Nachbarschaft von Pamela arbeitet. Sie erzählte, dass die Kriminalpolizei vor Ort war. Ich bin geschockt!"

„Ja, ich auch!" Es entstand eine Pause. „Und, was wollen Sie dann bei mir?"

„Nun ja, ich weiß, dass sie eine beste Freundin hat, die ebenso hier arbeitet. Frau Bianca Juck. Ich weiß leider ihre Adresse nicht und ich wollte ihr mein Mitgefühl ausdrücken und mit ihr sprechen."

„Frau Juck ist nicht da heute. Sie hat sich wegen des schrecklichen Verbrechens für zwei Tage krankgemeldet."

„Ich verstehe. Nun, ich hätte hier eine Kondolenzkarte, wenn es Ihnen nichts ausmachen würde, wäre ich Ihnen dankbar, wenn Sie diese an Frau Juck übergeben würden."

Frau Krutznow streckte ihre Hand aus, um die Karte entgegenzunehmen. „Aber natürlich werde ich das machen. Sobald sie wieder arbeitet. Wie ist Ihr Name?"

„Veronika Fennberg. Das ist sehr freundlich von Ihnen."

„Nun ja, wir tun, was wir tun können, Frau Fennberg." Sie erhob sich geschäftig. Veronika verstand, stand auf und verabschiedete sich. Frau Krutznow begleitete sie zur Tür, reichte ihr die Hand und rief Herrn Somsherr zu sich ins Büro. Dieser sagte im Vorbeigehen zu Veronika: „Es war mir eine Freude, sie kennengelernt zu haben."

Veronika lächelte und blickte leicht verschämt zu Boden. Als sie kurz danach wieder vor dem Haus auf der

Straße stand, wurde sie etwas unsicher. Sie hoffte, dass ihr Frau Krutznow die etwas abwegige Geschichte mit der Putzfrau abgenommen hatte. Als ehemalige Freundin wäre es doch sicher sinnvoller gewesen, sich direkt bei der Familie zu melden, anstatt zur Arbeitsstelle zu gehen. Wie hatte sie überhaupt von Bianca Juck erfahren, wenn es doch zu Pamela keinen Kontakt mehr gegeben hatte? Veronika schüttelte den Kopf. Sie musste noch viel lernen, wenn sie etwas herausfinden wollte. Sie hoffte jedenfalls inständig, dass sich Frau Krutznow keine weiteren Gedanken machen würde.

Nun gab es keine weiteren Ansatzpunkte mehr, die sie verfolgen konnte. Sie musste zwei Tage lang warten und hoffen.

4

Veronika verließ die Kunsthalle. Sie hatte heute Vormittag mit zwei Grundschulklassen das Bild `Personen und Hund vor der Sonne´ von Joan Miró betrachtet und nachgestaltet. Die Ergebnisse der Kinder waren gelungen und künstlerisch ansprechend. Mit einem Lächeln lief sie in Richtung Fußgängerzone, wo sie in irgendeinem Restaurant zu Mittag essen wollte.

Sie schlenderte an den Schaufenstern entlang. In Gedanken sah sie die begeisterten Kinder. Wie sie konzentriert an ihren kleinen Kunstwerken arbeiteten machte Veronika stolz. Etwas wehmütig dachte sie daran, dass sie selbst keine Kinder bekommen hatte.

Am Marktplatz angekommen, ging sie zum Restaurant `Am Markt´ und sie setzte sich an einen kleinen Tisch, von dem aus man über den ganzen Platz sehen konnte. Sie beobachtete gerne das Treiben und die vorbeilaufenden Menschen. Wie sie sich kleideten, welchen Gesichtsausdruck sie hatten. Welches Schicksal verbargen sie? Ihr Interesse an allem Fremden hatte wohl Martin entfacht. Er war stets neugierig gewesen und beobachtete oft und viel. Sie dachte daran, dass Martin ihr Leben und Denken in vielen Bereichen beeinflusst hatte. In solch einer langen Zeit wächst man zusammen und man gleicht sich an, dachte sie

Wie es wohl Martin jetzt gehen würde? Sie hatte nichts von ihm oder von Hauptkommissar Frank gehört. Er saß in Untersuchungshaft und hoffte, dass sie Indizien für seine Unschuld finden würde. Hoffentlich würde sich Bianca Juck bald melden. Der Tag gestern verging ohne nennenswerte Ereignisse. Morgen müsste Frau Krutznow den Brief an Bianca übergeben. Ab dann erwartete sie ihren Anruf.

Der Kellner kam und sie bestellte ein Gericht aus der Mittagskarte und eine Flasche Wasser. Dann blickte sie sich um. Etwas weiter hinten glaubte sie einen Mann zu erkennen, der ihr irgendwie bekannt vorkam. Er war alleine da. Sie konnte sein Gesicht nicht sehen, denn er saß mit dem Rücken zu ihr. Sein graumeliertes Haar und die stattliche große Figur hatten bei ihr einen bleibenden Eindruck hinterlassen. Es war der Mann aus der Agentur, Robert Somsherr. Sie erkannte ihn wieder. Er war sympathisch gewesen und er war sehr höflich. Sollte sie sich ihm zu erkennen geben? Beide waren alleine hier. Kurzerhand stand sie auf und lief hinüber. „Guten Tag, Herr Somsherr."

Herr Somsherr drehte sich erstaunt um. Er lächelte sofort, als er sie erkannte. „Frau Fennberg, das ist ja eine Überraschung! Essen Sie hier zu Mittag? Ich bin regelmäßig hier, wissen sie. Oftmals mit Kollegen. Heute jedoch alleine." Er blickte sich um. Offenbar war sie nicht in Begleitung hier. Dann bot er ihr an: „Möchten Sie sich zu mir setzen? Also nur, wenn Sie mögen, ich will mich nicht aufdrängen."

Veronika gab zu verstehen, dass sie sich sehr gerne zu ihm an den Tisch setzen wolle. Sie gab dem Kellner Bescheid, dass sie den Platz getauscht hatte.

„Ich hatte nicht erwartet, sie jemals wieder zu sehen", begann er.

„Ich auch nicht. Das ist reiner Zufall. Ich komme nicht oft hierher."

„Wie gesagt, ich bin regelmäßig hier. Das Essen ist sehr gut. Meine Kollegen hatten heute allerdings andere Pläne, so bin ich alleine gekommen."

„Was machen Sie denn beruflich, wenn ich das fragen darf?"

„Ich bin Rechtsanwalt. Angestellt bei einer kleinen Kanzlei, gleich hier um die Ecke."

Veronika nickte. Sie hatte sich noch nie mit einem Juristen unterhalten. Entgegen ihrer Vorurteile, dass Juristen eher steife, langweilige und unterkühlte Menschen waren, war Herr Somsherr sehr sympathisch. Sie erkundigte sich nach seinem Fachgebiet.

„Mein Aufgabengebiet ist das Scheidungsrecht. Für die meisten nicht sehr erfreulich."

„Scheidungsrecht", wiederholte Veronika für sich. Sofort dachte sie an Martin und dass sie sich wohl in naher Zukunft scheiden lassen würden. Sie blickte Herrn Somsherr nachdenklich an. Vielleicht hatte sie mit ihm einen passenden Anwalt gefunden?

Er gab ihr eine Visitenkarte von sich und sagte freundlich: „Hier, meine Karte, wenn Sie einmal einen Anwalt benötigen sollten."

Sie las: „Robert Somsherr, Rechtsanwalt, Kanzlei `Brehler und Manns´, Kaiserstraße 134, Karlsruhe. Vielen Dank, ich werde an Sie denken." Sie steckte die Karte in ihren Geldbeutel.

Das Essen wurde serviert. Beide hatten das gleiche Gericht bestellt. Das Gespräch entwickelte sich ausgehend vom offensichtlich gleichen Geschmack, über das Lieblingsgericht, bis hin zu den alltäglichen Ritualen und Vorlieben beim Einkaufen und Kochen. Herr Somsherr war Vegetarier und kaufte gerne in Biomärkten ein. Für ihn war es wichtig, seinen Teil zum Umweltschutz beizutragen. Wenn es auch nur ein kleiner war. Unverantwortlich fand er das maßlose Konsumverhalten vieler Menschen, die alles unreflektiert in sich hineinstopften. Veronika bewunderte seine Einstellung. Leider konnte sie es sich nicht leisten, nur in Biomärkten einzukaufen. Nur ausgewählte Produkte kaufte sie dort. Den Wunsch, ihr Verhalten zu verändern, hatte sie jedoch schon lange gehabt.

Nachdem beide fertig gegessen hatten, wurden die Teller umgehend abgetragen. Beide hatten den Wunsch noch einen Kaffee zu trinken. Herr Somsherr bestellte und wandte sich wieder Veronika zu.

Nachdem der Kaffee serviert war, schaute Herr Somsherr Veronika durchdringend an. Er fragte vorsichtig: „Frau Fennberg, ich möchte nicht neugierig sein, aber als ich vorhin erzählte, dass mein Fachgebiet Scheidungen sind, hatten sie für einen Augenblick gezögert und nachdenklich gewirkt. Sind sie eventuell selbst geschieden?"

„Wie haben Sie das herausgefunden?"

„Ich habe einen Blick dafür. Es ist mein Beruf."

„Das heißt, ich bin noch nicht geschieden. Wir leben in Trennung, seit nun mehr einem Jahr. Ich möchte mich scheiden lassen, sobald … Nein, das ist nicht wichtig."

Er sagte nichts, sondern wartete ruhig, bis sie weitersprach.

„Nein, das geht Sie ja gar nichts an", stammelte sie. „Es ist nur so … schwierig alles. Also, wenn wir so weit sind, dann werde ich es Sie wissen lassen."

Er nickte und lächelte, sie fing aus Unsicherheit an zu lachen.

„Sie machen mich ganz verlegen!" Veronika versuchte wieder Haltung einzunehmen.

Herr Somsherr schaute auf die Uhr: „Ich muss jetzt leider gehen. Um 14 Uhr muss ich wieder in der Kanzlei sein. Aber es war sehr schön, Sie getroffen zu haben!"

„Es hat mich auch gefreut!"

„Sie haben meine Karte, wenn Sie mögen, dann melden Sie sich einfach." Er stand auf.

Veronika kramte in ihrer Tasche herum und fand einen Stift und einen alten Einkaufszettel. Darauf notierte sie ihre Mobilfunknummer. Sie reichte ihm den Zettel.

„Bitte sehr", stammelte sie.

„Danke sehr. Machen Sie es gut. Vielleicht bis dann mal!" Er drehte sich um und verschwand in Richtung Karlstraße. Veronika blieb alleine zurück. Sie fühlte sich beschwingt und lächelte in sich hinein.

5

Veronika war gerade dabei, sich von einer Schulklasse zu verabschieden. Die Lehrerin bedankte sich, ließ alle Kinder sich in einer Zweierreihe aufstellen und verließ die Malstube. Einige Kinder drehten sich um und winkten ihr zu. Sie legte den Kopf auf die Seite, lächelte und winkte zurück. Da spürte sie, dass ihr Handy vibrierte. Sie wartete, bis das letzte Kind verschwunden war, dann zog sie das Handy aus der Hosentasche. Der Anrufer hatte bereits aufgelegt. `Private Nummer´, las sie. Sie ärgerte sich. Vielleicht war dies Bianca Juck gewesen? Oder vielleicht Robert Somsherr? Sie steckte das Handy wieder in ihre Hosentasche. Der Anrufer würde sich bestimmt nochmal melden, wenn es wichtig war. Sie säuberte zusammen mit einer Kollegin die Pinsel und goss die noch nicht benutzten Farben wieder zurück in größere Behältnisse. Nachdem alles aufgeräumt und für die nächste Gruppe vorbereitet war, schaute sie nochmal im Dienstplan nach, wann ihr nächster Kurs stattfinden würde. Dann packte sie ihre persönlichen Dinge zusammen, verabschiedete sich und verließ die Kunsthalle.

Es war ein warmer Julitag. Veronika entschied sich, den Weg nach Hause zu laufen. Bis in die Nordstadt dauerte es von der Stadtmitte etwa eine knappe dreiviertel Stunde, bis sie zu Hause ankam. Dort angekommen, setzte sie sich mit einer Tasse Kaffee an den Küchentisch. Das Handy lag vor ihr. Sie hoffte, dass sich Bianca Juck heute melden würde. Vorausgesetzt, Frau Krutznow hatte ihr den Brief gegeben und vorausgesetzt, sie war gewillt, Veronika zu helfen.

Es geschah nichts. Das Handy gab keinen Laut von sich. Die Zeit wollte nicht vergehen. Veronika saß da und starrte auf das Handy. Dann zog sie die Visitenkarte von Robert Somsherr aus dem Geldbeutel. Sie betrachtete sie und begann leicht zu lächeln. Ihr gefielen seine charmante Art, sein Äußeres und der Klang seiner Stimme. Sollte sie ihn anrufen? Kurz war sie versucht seine Nummer zu wählen, da besann sie sich und dachte, dass er sich bei ihr melden würde, wenn er überhaupt Interesse an ihr haben sollte. Sie wollte sich bedeckt halten und sich nicht in irgendeine Illusion verrennen. Sie legte das Handy wieder zurück auf den Tisch. Die Visitenkarte legte sie daneben.

Da klingelte es. Erstaunt lief Veronika zur Tür und drückte den Öffner. Gespannt wartete sie, wer das Treppenhaus heraufkommen würde. Die Person lief langsam. Als sie um die letzte Ecke bog, sah Veronika eine junge Frau mit Pagenschnitt, drahtiger Figur und kantigen Gesichtszügen. Sie blieb vor Veronika stehen und sagte: „Ich bin Bianca Juck. Sie wollten mit mir sprechen."

Veronika bat Frau Juck hereinzukommen. Still trat Frau Juck ins Wohnzimmer, wo sie sich auf einen Stuhl setzte.

„Darf ich Ihnen etwas zu trinken anbieten?"

Frau Juck bedankte sich. Sie wollte ein Wasser. Nachdem das Wasser serviert war, setzte sich Veronika ihr gegenüber.

Frau Juck fragte ungläubig: „Frau Krutznow sagte, Sie seien eine alte Freundin?"

„Nein, das stimmt nicht." Veronika räusperte sich. „Es war eine Notlüge. Ich wusste nicht, wie ich ihr sonst meine Verbindung zu Pamela erklären sollte. Ich wollte Sie, Frau Juck, kontaktieren und mit Ihnen sprechen, aber Sie stehen nicht im Telefonbuch. Es gibt keinen Eintrag. So blieb mir nur die Möglichkeit, Ihnen zu schreiben."

„Das haben Sie erreicht. Ich bin hier. Da ich Sie telefonisch nicht erreicht habe, entschloss ich mich, zu Ihnen zu fahren."

„Das ist sehr freundlich von Ihnen", bedankte sich Veronika.

Frau Juck schaute Veronika ungläubig an: „Und sie kennen ihren Mörder? Sie kennen den Mann, der mit Pamela die Nacht verbracht und sie offensichtlich erwürgt hat? Und dieser Mann soll Ihrer Meinung nach nicht schuldig sein?"

Veronika sah Trauer in ihren Augen. Ihre bebende Stimme hatte etwas Unbeugsames und Hartes. Wie konnte ihr Veronika verdeutlichen, dass Martin nicht im Stande war, solch einen Mord zu verüben. Sie versuchte es so einfühlsam wie möglich zu erklären: „Der Mann, mit dem sich Pamela traf, war … ist mein Ehemann. Er ist ein ehrlicher, gewissenhafter und friedliebender Mann. In all den Jahren, in denen ich ihn kenne, habe ich noch nie erlebt, dass er aggressiv oder gewaltsam reagierte. Er ist ein Mann der Worte, nicht der Taten. Er könnte niemals jemandem etwas zu leide tun. Sehen Sie, er hat einen unglaublichen Gerechtigkeitssinn. Er würde nie etwas Strafbares tun. Ich weiß nicht, was in jener Nacht geschah, aber ich glaube fest daran, dass er unschuldig ist. Es muss jemand anderes die Tat begangen haben und Martin soll für ihn den Kopf hinhalten. Wenn ich Sie nur überzeugen könnte! Es gibt bestimmt Hinweise, die ihn entlasten können. Wir müssen sie nur suchen. Aber alleine kann ich es nicht. Ich brauche Ihre Hilfe dazu."

Frau Juck nahm einen Schluck Wasser. „Wieso sollte ich Ihnen glauben?"

Veronika schüttelte den Kopf. „Ich weiß es nicht. Sie müssen in sich hineinhören, ob sie mir vertrauen wollen. Ich möchte alles daransetzen, den Mörder von Pamela zu finden. Wenn es Martin wirklich war, so wird er seine Strafe bekommen. Doch wenn er es nicht war, dann müssen wir versuchen, den wahren Mörder zu finden."

„Die Polizei wird es herausbekommen. Ich kann mir nicht vorstellen, dass wir etwas ausrichten könnten. Ohnehin habe ich der Polizei heute Morgen schon alles gesagt, was ich weiß."

Veronika wurde traurig. Frau Juck wollte ihr nicht helfen, das spürte sie. Sie sagte resigniert: „Schade. Dann tut es mir leid, dass ich sie angesprochen habe. Ich werde einen anderen Weg finden."

Frau Juck sah Veronika nachdenklich an. „Haben Sie etwas Bestimmtes im Sinn? Ich meine, haben Sie einen reellen Beweis für Ihre Annahme, dass er unschuldig ist?"

„Nein, das habe ich nicht. Aber ich vertraue ihm. Er war es nicht." Nochmals bat sie eindringlich: „Sehen Sie, wenn Sie mir nur helfen wollten, vielleicht würden wir einen Anhaltspunkt finden? Jemanden, der ein Motiv haben könnte, Pamela zu töten. Oder eine Ungereimtheit, die uns zu jemand noch Unbekanntem führt?"

Frau Juck dachte nach. Es schien ihr nicht zielführend zu sein. Aber Veronikas engagierte Art hatte sie ein wenig ermuntert, ihre Sichtweise auf den Mord etwas zu verändern. Wenn Veronika wirklich Recht hatte, so könnte es eine fremde Person gewesen sein. Sie war gewillt, nochmals darüber nachzudenken und Veronika das zu erzählen, was sie wusste. „Gut, ich werde Ihre Fragen beantworten. Wir werden sehen, wohin uns das führt."

Veronika war erleichtert. Zuerst wollte sie etwas über Pamela als Person wissen. Wie ihr Charakter war, welche Hobbys sie hatte, wie sie als Kollegin gewesen war.

Frau Juck geriet ins Schwärmen. Sie erzählte, dass Pamela eine aufgeschlossene junge Frau war, die allem und jedem freundlich und offen begegnete. Vielleicht war sie etwas zu naiv, denn sie vertraute schnell und glaubte, was man ihr sagte. Sie war auf der Suche nach ihrem Traummann. Dieses Ziel verlor sie nie aus den Augen. So kam es, dass sie sich oftmals datete. Immer glaubte sie, dass es dieses Mal klappen könnte.

Über ein spezielles Hobby wusste Frau Juck nichts. Ihr Hobby war es, den richtigen Mann zu treffen. Dafür tat sie alles. Sie machte sich viel aus ihrem Äußeren. Sie schminkte sich, zog schöne Kleider an und versuchte etwas anderes darzustellen, als sie wirklich war. Sie wollte eine reiche und schöne Frau sein, die begehrt wurde. Dieses Image wollte sie haben. Schmuck liebte sie. Sie konnte sich aber keinen echten Schmuck leisten. Billiger Modeschmuck war das, was sie trug. Da fiel Frau Juck ein, dass sie sich neulich eine echte Goldkette mit hübschen Ohrsteckern gekauft hatte. Es musste sehr lange gedauert haben, bis sie dafür genügend Geld zusammengespart hatte. Sie erinnerte sich: „`Ich will dir mal was zeigen´, sagte Pamela zu mir. Da zog sie die

Kette aus einem Kästchen. `Echt Gold mit einem kleinen Brillanten in der Mitte. ´" Frau Jucks Stimme wurde matt: „Das war wohl die letzte Freude, die sie hatte, bevor sie starb."

Dann erinnerte sich Frau Juck weiter. Pamela war als Kollegin sehr zuverlässig gewesen. Sie übernahm gerne Aufgaben, auch wenn diese Mehrarbeit bedeutet hatten. Bei ihren Patientinnen war sie sehr beliebt. Sie baute gute und enge Beziehungen auf. Sie waren alle trotz ihres hohen Alters und den körperlichen Einschränkungen geistig rege. Pamela erzählte oft von Erlebnissen und komischen Situationen. Sie hatten Spaß miteinander gehabt und viel gelacht. Es kam ganz überraschend, dass in kurzer Zeit zwei Frauen starben. „Da steckt man nicht drin", sagte sie abgeklärt. „Der Tod hat viele Gesichter. Wenn man in einem gewissen Alter ist, muss man damit rechnen. Sie hatten ein schönes Leben, bis zum Schluss."

Veronika wunderte sich, wie professionell sie über den Tod sprach.

„Der Tod gehört zum Leben, wie die Luft zum Atmen. Als Pflegerin wird man häufig mit dem Tod konfrontiert."

Dann erinnerte sich Frau Juck weiter: „Als Freundin war sie toll. Man konnte mir ihr über alles sprechen. Ein

Geheimnis konnte sie auch für sich behalten. Ich hatte nie zuvor eine engere Freundin gehabt." Sie senkte den Blick und wurde still.

Veronika bedankte sich bei ihr für ihre ausführliche Schilderung. Sie hatte nun eine vage Ahnung, wer Pamela war. Aber einen Anhaltspunkt sah sie noch nicht. Was konnte sie mit den Informationen anfangen? Sie wusste nicht recht, wie es weiter gehen sollte.

Was würde Martin in dieser Situation tun? Veronika dachte nach. Sie beschloss, nochmals an den Anfang zurück zu gehen. Pamela hatte das Date und in der Nacht war etwas bis jetzt noch Unerkläriches geschehen. Wenn sie doch nur in die Wohnung könnte, um sich ein Bild vom Tatort zu verschaffen! Vielleicht würde sie auf etwas Auffälliges stoßen? Aber die Polizei würde bestimmt alles Wichtige bereits gefunden und gesichert haben. Dennoch fragte sie: „Frau Juck, haben Sie einen Schlüssel für Pamelas Wohnung?"

Frau Juck verneinte. Pamelas Mutter, Frau Rolsheim, müsste aber ihrer Meinung nach einen besitzen. „Wollen Sie in Pamelas Wohnung? Das ist bestimmt nicht erlaubt", mutmaßte Frau Juck.

„Wir werden sehen. Wäre es denn möglich, Pamelas Mutter zu besuchen und nach dem Schlüssel zu fragen?"

„Wenn Sie es für nötig halten?"

Veronika befand es für nötig. Beide standen auf und verließen die Wohnung.

Bianca Juck war mit dem Auto gekommen. Sie fuhren nach Rüppurr, einen im Süden gelegenen Stadtteil Karlsruhes. Dort wohnte Frau Rolsheim in einem kleinen Reihenhaus.

Frau Rolsheim öffnete die Tür. Sie hatte tränenunterlaufene Augen und ihre Haltung zeigte, wie traurig und fassungslos sie war. Sie bat Bianca und Veronika herein zu kommen. Als sie ins Wohnzimmer eintraten, sah Veronika, dass Frau Rolsheim gerade dabei war, alte Fotoalben anzuschauen. Diese lagen aufgeschlagen auf dem Couchtisch. Frau Rolsheim nahm ein Album in die Hand und deutete auf ein Kinderfoto. „Das war sie, als sie gerade eingeschult wurde. Ich kann es nicht fassen …"

Frau Juck strich ihr anteilnehmend über den Arm. „Es ist unfassbar", flüsterte sie.

Veronika schaute betreten zu Boden.

Dann setzten sie sich und Frau Juck stellte Veronika vor. Sie erklärte Frau Rolsheim den Grund, warum Veronika hier war. Frau Rolsheim blickte ungläubig. „Aber wer soll es denn gewesen sein? Wer hat mein Mädchen umgebracht?"

Veronika gab ihr zu verstehen, dass sie noch nicht wüsste, wer der Mörder sei. Dennoch glaubte sie an Martins Unschuld.

„Bitte, erzählen Sie uns", fragte Veronika, „hatte Pamela Feinde? Gab es Menschen, die sie nicht mochten?"

Frau Rolsheim überlegte. Sie schaute Frau Juck hilfesuchend an, doch diese wartete still ab.

„Nicht, dass ich wüsste. Sie war ein liebes Mädchen und verstand sich mit allen gut. Über negative Dinge hatte sie mir nicht viel erzählt. Sie war ein Sonnenschein. Sie erzählte meist nur von schönen Erlebnissen." Dann machte sie eine Pause. Sie schien sich doch an etwas zu erinnern. „Doch, sie erwähnte einmal, dass sie einen Liebhaber hatte. Ich habe leider den Namen vergessen. Sie mochte ihn nicht und er stellte ihr eine Weile lang nach. Das war ihr peinlich. Auf der anderen Seite wiederum fühlte sie sich begehrt und das gefiel ihr." Sie schüttelte den Kopf und entschuldigte sich. Pamela hatte sich ihr gegenüber immer sehr bedeckt gehalten.

Veronika dachte nicht, dass die Geschichte mit dem Liebhaber eine wichtige Bedeutung hatte. Wahrscheinlich war es nur eine Liebelei und weiter nichts. Laut Frau Juck hatte Pamela derer Art viele. Frau Rolsheim wusste offenbar nichts von Pamelas Privatleben.

Dann hob Frau Rolsheim die Hand. Sie schien sich noch an etwas anderes zu erinnern: „Ach, und vor etwa drei Wochen, da sagte sie etwas Merkwürdiges. Sie erzählte von einer Nachricht, die in ihrem Briefkasten lag. Auf einem Zettel stand: `Du bist schuld! ´ Ich fragte sie, was das zu bedeuten hatte, aber sie winkte ab und meinte, dass sich da jemand einen Scherz erlaubt hätte. Das könne ja alles und nichts bedeuten." Frau Rolsheim lief eine Träne die Wange hinunter. „Und jetzt ist sie tot. Mein Baby!"

„Du bist schuld", wiederholte Veronika, „aber an was?"

„Pamela hatte nichts verbrochen", meinte Frau Juck. „Das steht fest."

Eine lange Pause entstand. Frau Rolsheim wusste nichts mehr zu sagen. Dann bedankte sich Veronika bei ihr. Ihre Informationen hätten ihr sehr geholfen. Schließlich wechselte Veronika das Thema. Sie entschloss sich nun, weiter an ihrem ursprünglichen Plan festzuhalten und Frau Rolsheim um Pamelas Wohnungsschlüssel zu bitten. Diese stand sofort auf und lief in den Flur zu ihrem Schlüsselkästchen. Sie suchte nach dem Schlüssel, konnte ihn jedoch nicht finden.

„Das verstehe ich nicht", murmelte sie. „Der Schlüssel hängt doch immer an dem Haken hier. Habe ich ihn abgehängt?" Selbstzweifelnd schüttelte sie den Kopf.

Veronika und Frau Juck kamen in den Flur gelaufen. „Er ist weg! Der Schlüssel ist weg!", rief Frau Rolsheim.

Ungläubig schauten die beiden Frau Rolsheim an.

„Wie kann das sein? Wann haben sie ihn zum letzten Mal gesehen?", fragte Veronika.

Frau Rolsheim überlegte. „Ich nehme ihn nie unnötig heraus. Er ist immer hier im Kästchen. Falls Pamela ihren verlieren oder sich ausschließen würde."

Der Schlüssel war unauffindbar. Auch auf dem Boden und hinter der Kommode, die unterhalb des Kästchens stand, lag er nicht. Frau Rolsheim schloss aus, dass ihn ein Besucher absichtlich aus dem Kästchen genommen haben könnte. Das hätte sie bemerkt.

Was hatte das zu bedeuten? Veronika dachte nach. Irgendetwas hatte Martin gesagt, was wichtig war. Da fiel es ihr wieder ein, was er ihr erzählt hatte. Bei Frau Rolsheim wurde einen Tag vor dem Mord eingebrochen. Sie fragte umgehend, was bei dem Einbruch alles gestohlen worden war. Frau Rolsheim erklärte, dass etwas Bargeld und Schmuck gestohlen wurde.

Veronikas Augen blitzten auf: „Und der Schlüssel! Er wurde auch gestohlen. Ich behaupte, es ging bei dem Einbruch in Wahrheit nur um den Schlüssel."

„Aber wieso sollte jemand den Schlüssel stehlen?", fragte Frau Juck.

„Nun, damit der Mörder nachts in die Wohnung gelangen konnte, um die arme Pamela zu erwürgen!"

6

„Herein", sagte eine Stimme.

Veronika öffnete die Tür. Hinter seinem Schreibtisch saß Hauptkommissar Frank zusammen mit seinem Kollegen Herrn Tebald. Als er Veronika erblickte, hob er den Kopf. „Frau Fennberg, bitte kommen Sie herein."

Veronika setzte sich ihnen gegenüber auf einen Stuhl. Hauptkommissar Frank gab Kommissar Tebald zu verstehen, dass er gerne alleine mit ihr sprechen wolle. Kommissar Tebald nickte und verließ umgehend das Büro. Als sie zu zweit waren blickte Hauptkommissar Frank Veronika eindringlich an. Dann schüttelte er den Kopf. „Es sieht schlecht aus, Frau Fennberg. Ich darf Ihnen über den Stand der Ermittlungen nichts berichten, aber nur so viel: Er könnte es gewesen sein."

„Welche Beweise haben Sie?"

„Sie sind als seine Ehefrau befangen. Außerdem sind Sie eine Außenstehende. Ich darf Ihnen nichts sagen. Aber Sie, Sie sind bestimmt hierhergekommen, weil Sie Spuren gefunden haben, die auf einen anderen hinweisen. Gehe ich recht damit in der Annahme? Bitte, berichten Sie."

Veronika schaute Hauptkommissar Frank herausfordernd an: „Wie erklären Sie sich, dass Martin beteuert, sich an nichts mehr erinnern zu können? Könnte es nicht sein, dass er betäubt worden ist?"

„Er könnte diese Amnesie auch nur vortäuschen", antwortete Frank trocken.

Unbeirrt sprach sie weiter: „Sie können das nicht beweisen. Ich glaube ihm!" Nach einer Pause setzte sie mit ruhiger Stimme neu an: „Ich denke, es war so: Ein Dritter könnte sich Zutritt zur Wohnung des Opfers verschafft haben. Er könnte Martin betäubt und Pamela erwürgt haben."

„Es gibt keine Einbruchspuren. Die Tür wurde nicht gewaltsam geöffnet. Die einzige Möglichkeit könnte sein, dass Pamela ihrem Mörder selbst die Tür geöffnet hat, aber daran hätte sich Herr Fennberg erinnern müssen. Da er sich aber nicht daran erinnern kann, müsste das Betäuben vor dem Türöffnen stattgefunden haben und das ist Unsinn. Ich glaube nicht daran, dass Pamela Herrn Fennberg betäubt hat."

„Aber es muss so sein. Er muss betäubt worden sein!"

Hauptkommissar Frank beugte sich nah zu ihr herüber. Dann sagte er vertraulich: „Es waren Drogen im Spiel. Da haben Sie Recht. Aber sie waren nur in Pamelas Glas. Sie wurde betäubt. Herr Fennberg hat die Drogen in ihr Glas hineingetan."

Veronika sagte entschieden: „Nein!"

„Manchmal täuscht man sich in einem Menschen, auch wenn man glaubt, ihn gut zu kennen. Ich fürchte, es gibt für ihn nur wenig Hoffnung." Er berührte sie am Arm.

Sie setzte sich aufrecht hin und begann in einem bewusst sachlichen Ton: „Einen Tag vor Pamelas Tod wurde in der Wohnung ihrer Mutter eingebrochen. Das ist eine Tatsache, es muss darüber eine Polizeiakte existieren. Es wurden Bargeld und Schmuck gestohlen. Bitte, erkundigen Sie sich."

„Was hat ein Einbruch mit dem Mord zu tun?"

„Es wurde auch noch ein Schlüssel gestohlen. Der Schlüssel zu Pamelas Wohnung. Es fiel der Mutter zunächst nicht auf, dass er fehlte. Wer schaut nach einem Einbruch schon in seinem Schlüsselkästchen nach, ob ein Schlüssel entwendet wurde? Doch es war so. Der Schlüssel fehlt!"

„Gibt es dafür Beweise? Der Schlüssel könnte auch von jemand anderem genommen worden sein. Pamela selbst könnte ihn bei einem Besuch mitgenommen haben."

„Frau Rolsheim ist bereit dazu, der Polizei auszusagen, dass es genauso war, wie ich es Ihnen sagte."

Hauptkommissar Frank überlegte. „Woher wusste der Einbrecher, dass es Pamelas Wohnungsschlüssel war?"

„Es war ein Namensschild angehängt."

„Ich verstehe."

Veronika erklärte Hauptkommissar Frank die Wichtigkeit dieses Umstands. Ein Dritter hätte leicht in die Wohnung kommen können. Laut Pamelas Mutter konnte man von außen die Tür öffnen, auch wenn von innen ein Schlüssel steckte. Solch ein Schloss war selten. Die Polizei könnte diese Tatsache nachprüfen. Hauptkommissar Frank hörte sich in Ruhe Veronikas Gedankengänge an. Sie kombinierte unbeirrt weiter: „Wenn der Einbruch gezielt durchgeführt worden war, dann geschah der Mord an Pamela nicht im Affekt, sondern er war sorgfältig geplant worden. Das ist die einzige Erklärung."

Hauptkommissar Frank hielt das nur für eine vage Vermutung. Seiner Meinung nach könnte das auch ein gewöhnlicher Dieb gewesen sein, der einen Schlüssel gestohlen hatte, um leicht Zutritt zu einer weiteren Wohnung zu erhalten. Nur ein Seriendieb, der es sich leicht machen wollte.

„Wieso hat er dann nicht alle Schlüssel aus dem Kästchen genommen? Der Schlüssel der Nachbarin hing noch dort. Er hätte gleich zu ihr hineingehen können. Das tat er aber nicht. Nein, ich bleibe dabei, der Täter hatte es auf den einen bestimmten Schlüssel abgesehen und besorgte sich somit Zutritt zu Pamelas Wohnung. Er betäubte Martin und tötete Pamela."

Hauptkommissar Frank blieb regungslos auf seinem Stuhl sitzen. Er dachte in Ruhe darüber nach, was Veronika herausgefunden hatte. Es passte nicht zu dem, was sie bisher über den Tathergang wussten und nicht zu dem, was in der Wohnung zwischen Martin und Pamela geschehen sein musste. Dennoch war es eine Spur, die sie verfolgen mussten. Wenn Veronika Recht hatte, dann könnte das Martin entlasten. Sie mussten neu über die Indizien in der Wohnung nachdenken und den Fall aus einer anderen Blickrichtung betrachten.

„Vielen Dank, Frau Fennberg. Wir werden prüfen, ob es stimmt, was Sie eben gesagt haben. Wenn ja, dann werde ich mit dem Haftrichter sprechen. Es könnte sein, dass Ihr Mann mit einigen Auflagen aus der Untersuchungshaft entlassen werden könnte. Freuen Sie sich aber bitte nicht zu früh. Das ist nur eine kleine Chance." Er erhob sich und reichte Veronika die Hand. Diese verließ das Büro mit einem guten Gefühl.

Veronika saß entspannt mit angewinkelten Beinen auf ihrer Couch. Vor ihr stand ein Glas Rotwein. Sie war mit dem Gespräch mit Hauptkommissar Frank heute Nachmittag sehr zufrieden. Vielleicht hatte sie ihn überreden können, nochmal aus einer anderen Sichtweise auf den Fall zu blicken. Sie wusste nichts vom Ermittlungsstand der Polizei oder von Indizien und Fingerabdrücken. Welches Glas mit Drogen vergiftet war, war ihr egal. Es zählte einzig die Möglichkeit, dass jemand Drittes im Spiel gewesen sein könnte. Dies war die Chance für Martin, aus der Untersuchungshaft frei zu kommen. Das hoffte sie.

Veronika fühlte sich eng mit Martin verbunden. Sie empfand eine tiefe Freundschaft und sie wollte alles daransetzen, ihm zu helfen. Sie erinnerte sich an die vielen schönen Momente, als sie noch glücklich zusammenlebten. Es war eine schöne Zeit und sie war sehr dankbar für die Erfahrungen, die sie zusammen mit ihm machen durfte. Aber so schön die Gefühle auch waren, sie wollte in diese heile Welt der Sicherheit und

Zweisamkeit mit Martin nicht zurückkehren. Die gemeinsame Zeit war vorbei und es gab für sie keinen Weg zurück. Sie nahm ihr Glas in die Hand und trank einen Schluck. Die Liebe hatte sich verändert. Still und unmerklich war sie einer platonischen Freundschaft gewichen. Das, was übrigblieb, war eine tiefe Verbundenheit, wie sie sie zu einem Bruder empfand. Dass Martin anders fühlte, wusste sie. Und es tat ihr leid, dass sie seine Liebe nicht erwidern konnte. Sie wollte nach vorne blicken und einen Schritt weitergehen.

Wenn sie einem fremden Mann begegnete, spürte sie, dass sie ihn mit anderen Augen anschaute. Sie war offen für Neues. Und sie hoffte, dass sie sich bald wieder glücklich verlieben konnte.

Unweigerlich dachte sie an die Begegnung mit Robert Somsherr. Er gefiel ihr rein äußerlich sehr gut. Seine große, stattliche Figur und das graumelierte Haar fand sie anziehend. Seine weiche Stimme strahlte Ruhe und Gelassenheit aus, vielleicht sogar eine Spur Überlegenheit. Jedenfalls fühlte es sich gut an, in seiner Nähe zu sein. Vielleicht war es die Art, wie er mit seinen Händen gestikulierte oder wie er sie anblickte und sprach.

Sie zog die Visitenkarte aus ihrem Portemonnaie und überlegte, ob sie ihn nicht einfach anrufen sollte. Sie hatte keine Ahnung, wie das auf ihn wirken würde und ob er überhaupt Lust hätte, sich mit ihr zu treffen. Dann schüttelte sie den Kopf. „Männer wollen jagen", sagte sie sich. „Eigentlich muss er sich bei mir melden, wenn er Interesse hat." Was für einen bedürftigen Eindruck würde das machen, wenn Sie ihn fragte? Auf der anderen Seite war sie eine moderne Frau, die nichts zu verlieren hatte. Sie entschloss sich, ihn anzurufen. Das Herz klopfte, als sie die Nummer in ihr Telefon eingab. Es klingelte und nach einem kurzen Moment nahm Herr Somsherr ab. Veronika begrüßte ihn. Er war sehr überrascht über ihren Anruf. Damit hatte er nicht gerechnet. „Benötigen Sie einen Rechtsanwalt?", fragte er. Sie verneinte und fragte vorsichtig, ob er Lust hätte, heute Abend mit ihr etwas trinken zu gehen. Seine Stimme veränderte sich. Sie wurde privat und persönlich. Leider hatte er am Abend schon etwas vor, aber er würde sich sehr freuen, wenn sie morgen Abend Zeit hätte. Sie verabredeten sich für den kommenden Abend um 19 Uhr an der Pyramide am Marktplatz. Anschließend legten sie wieder auf.

Schnell trank sie einen Schluck Rotwein. Ihr Kopf glühte und sie fühlte sich leicht und lebendig. Sie legte den Kopf in den Nacken, schloss die Augen und lächelte.

7

Am nächsten Nachmittag waren Veronika und Frau Juck bei Frau Rolsheim in Rüppurr verabredet. Sie tranken Kaffee miteinander. Frau Rolsheim erzählte, dass die Kriminalpolizei am Vormittag Fragen wegen des verschwundenen Schlüssels gestellt hatte. Es musste etwas bedeuten. Wahrscheinlich hatte sich tatsächlich ein Dritter Zutritt zur Wohnung verschafft. So musste es gewesen sein. Aber welchen Grund konnte es gegeben haben, die arme Pamela zu töten? Es musste im Vorfeld etwas geschehen sein. Etwas Bestimmtes musste Pamela getan oder gewusst haben, sodass es für den Mörder keine andere Wahl gegeben hatte. Frau Juck konnte sich nicht an ein Geheimnis erinnern. Pamela hatte sich ihr sonst mit allem anvertraut. Sie war wie ein offenes Buch und es war nicht schwer zu erraten gewesen, wenn sie einmal etwas bedrückte. Resigniert schauten sie sich an.

Dann fragte Veronika in Gedanken versunken: „Was war nur mit `Du bist schuld´ gemeint?" Die drei sahen sich an und keine wusste eine Antwort. War das Wort `schuld´ buchstäblich im Sinne von Recht und Unrecht gemeint? Das hieße, sie war schuld an einer bestimmten Sache, bei der etwas schief gegangen war oder nicht funktionierte? Vielleicht ging etwas kaputt oder dergleichen? Oder war das Wort `schuld´ eher zwischenmenschlich gemeint, im Sinne von: Jemand ist schuld, weil diverse Gefühle nicht erwidert wurden und es ihm nun schlecht ging? Veronika wusste sich keinen Rat. „Wenn wir doch nur ihren Kalender hätten oder ein Tagebuch oder irgendetwas, in dem wir nachschauen könnten, was Pamela in den letzten Wochen gemacht hat. Vielleicht würden wir dann auf etwas stoßen."

„Ich weiß nicht, ob das etwas hilft", begann Frau Rolsheim, „aber ich habe einige persönliche Unterlagen von Pamela hier. Sie stand auf und holte einen Wäschekorb gefüllt mit Ordnern ins Wohnzimmer. Diesen stellte sie vor ihnen auf den Boden. „Es sind nur einige offizielle Dokumente. Ich durfte ihre persönlichen Unterlagen aus der Wohnung holen. Wenn jemand gestorben ist, gibt es allerhand zu tun. Verträge sind zu kündigen. Man muss allen Versicherungen und dergleichen mitteilen, dass sie gestorben ist. Sie war sehr ordentlich und hat alles korrekt abgeheftet. Ich habe schon einen Blick in ihre Unterlagen werfen können."

Veronika nickte. Vielleicht würde es sich um eine rechtliche Sache handeln, dann könnten sie unter Umständen fündig werden. Alle drei machten sich daran, die Unterlagen durchzuarbeiten.

Im ersten Ordner, den Veronika in die Hand nahm waren ihre Zeugnisse abgeheftet. Ordentlich aufgelistet von der Grundschule, über die Realschule bis hin zur abgeschlossenen Ausbildung zur Gesundheits- und Krankenpflegerin. „Sehr gut strukturiert", bemerkte Veronika.

Frau Rolsheim lächelte stolz. „Ja, das war sie."

Es herrschte eine angespannte Ruhe. Alle drei waren sie in die Unterlagen vertieft. Veronika legte den Ordner mit den Zeugnissen beiseite und nahm einen Neuen mit der Aufschrift `Wohnung´. Dort waren der Mietvertrag und die Nebenkostenabrechnungen abgeheftet, sowie diverse Verträge mit Stromanbietern und jeglicher Schriftverkehr mit den Vermietern. Pamela hatte akribisch alles mit Datum versehen und chronologisch abgeheftet. Weiter hinten lag ein Brief. Der Adressat war ein Paul Frestler. Veronika nahm den Brief aus dem Umschlag und las laut vor: „Geliebte Pamela, seitdem du mich verlassen hast, ist die Freude aus meinem Leben gewichen. Mein Leben ist nicht mehr lebenswert ohne dich. Das Licht der Kerze, das du entzündet hast, ist verloschen. Alles ist in Dunkelheit gehüllt. Ich weiß nicht mehr, wie ich weiterleben soll. Du bist die Frau meines Lebens. Ich kann und will nur mit dir sein. Bitte komm zu mir zurück. Ich weiß nicht, was ich tun soll! Bitte gib mir noch eine Chance, ich werde alles für dich tun! Dein Paul" Veronika blickte auf und meinte seufzend: „Puh, dieser Brief ist ja bedrückend. Ich wüsste nicht, was ich tun würde, wenn ich solch einen schwülstigen Brief bekommen würde."

„Ich weiß nichts von einem Paul", erklärte Frau Rolsheim. „Darf ich mal sehen? Das ist ja furchtbar!"

„Doch, ich erinnere mich an diesen Paul!", bemerkte Frau Juck. „Das ist jetzt vielleicht ein Jahr her. Sie erzählte anfangs von einem wahnsinnig tollen Mann, der ihr alles, was sie wollte schenkte und ihr förmlich den Himmel auf Erden bereitete. Aber ziemlich schnell wurde ihr klar, dass dieser Paul nicht ganz richtig im Kopf sein konnte und seine Liebe krankhaft und erdrückend war. Er machte sein ganzes Glück und Seelenheil von ihr abhängig. Das konnte sie nicht ertragen. Schnell beendete sie die Geschichte. Er musste es akzeptieren! Es dauerte einige Wochen, bis er sie in Ruhe gelassen hatte. Aber dann war Schluss und sie sprach nicht weiter von ihm. Ich hatte das schon ganz verdrängt."

Veronika dachte nach. Vielleicht hatte dieser Paul die Nachricht in Pamelas Briefkasten geschmissen. `Du bist schuld´ könnte ein Vorwurf sein, dass sein Leben nun nicht mehr lebenswert war, weil sie ihn nicht mehr liebte. Sie notierte sich den Namen `Paul Frestler´ auf ein Stück Papier.

Sie entschlossen sich, weiterzusuchen und erst aufzuhören, wenn sie alle Unterlagen durchgeschaut hatten.

Frau Juck hatte gerade den Ordner mit der Aufschrift `Auto´ in der Hand, als sie erstaunt ausrief: „Ich glaube, ich habe da was!"

Veronika und Frau Rolsheim schauten auf.

„Ihr Auto war bei der WGV versichert. Der Versicherungsschein ist vorne abgeheftet. Hier gibt es einen Brief von einer anderen Versicherung, in dem steht, dass die Summe von 5.800 Euro erstattet wurde. Im weiteren Verlauf ist von einem Unfall mit Totalschaden die Rede."

„Ja, das stimmt", erinnerte sich Frau Rolsheim. „Pamela hatte etwa vor einem dreiviertel Jahr einen Autounfall. Erinnerst du dich nicht? Sie fuhr eines Abends auf der Landstraße nach Friedrichstal. Dort wollte sie einen Freund besuchen. Jedenfalls lief ihr ein Reh vors Auto und sie musste scharf bremsen. Der Fahrer hinter ihr hatte zu wenig Abstand gehalten und rammte Pamelas Wagen. Das hatte einen Totalschaden ihres Autos zur Folge. Pamela kam mit einem Schleudertrauma davon."

„Was geschah mit dem anderen Auto?", wollte Veronika wissen.

„Das weiß ich nicht so genau", überlegte Frau Rolsheim. „Ich glaube, es kam von der Fahrbahn ab. Jedenfalls mussten der Krankenwagen und die Polizei kommen."

„Stimmt, ich erinnere mich. Sie war ein paar Tage krankgeschrieben", sagte Frau Juck. „Aber sie bekam keine Schuld zugesprochen. Schuld an dem Unfall war der Fahrer des auffahrenden Autos. Seine Versicherung hat den Schaden bezahlt."

Alle drei sahen sich an. Dann fragte Veronika, ob ihr Frau Juck den Namen der Gegenpartei nennen könne. Diese las vor: „Bert Riess, Luisenstraße 11, Friedrichstal." Veronika notierte sich den Namen und die Adresse.

Weiter gab es nichts zu entdecken. Die Ordner waren durchforstet. Veronika nahm ihren Zettel und las nochmals die Namen vor: „`Paul Frestler´ und `Bert Riess´, diese beiden Personen gilt es zu überprüfen. Vielleicht hat einer etwas mit der Nachricht zu tun? Es ist zwar ziemlich unwahrscheinlich, aber jedenfalls haben wir jetzt eine Spur und können aktiv werden." Zufrieden blickten sich die drei Frauen an.

Veronika zog ein leichtes Sommerkleid an. Sie legte etwas Makeup und Rouge auf, was sie sonst nie tat. Es war ihr wichtig, gut auszusehen. Gleich sollte sie Robert Somsherr treffen und sie wollte einen guten Eindruck machen. Sie summte beschwingt eine kleine Melodie. Nachdem sie etwas Parfüm aufgelegt hatte, verließ sie die Wohnung. Mit der Straßenbahn fuhr sie Richtung Stadtmitte. Am Marktplatz stieg sie aus. Treffpunkt war, wie vereinbart, die Pyramide. Sie war einige Minuten zu früh dran. Herr Somsherr war noch nicht da. Sie war aufgeregt. Es war selten, dass sie wegen eines Mannes so aufgeregt war. Während ihres Verhältnisses mit Olaf vor einem Jahr, hatte sie etwas Vergleichbares gespürt. Die Anfangszeit mit Martin war auch sehr aufregend gewesen. Jetzt fühlte es sich jedenfalls gut an.

Da hörte sie eine weiche und markante Stimme: „Hallo Frau Fennberg." Robert Somsherr stand hinter ihr. Sie drehte sich um und lächelte ihn an: „Hallo Herr Somsherr, schön Sie zu sehen!"

„Ganz meinerseits!", antwortete er. Sie beschlossen in das am Marktplatz gelegene Tapas Restaurant zu gehen. Auf dem Weg wurde nichts gesprochen. Beide lächelten und liefen stumm nebeneinander her. Sie kamen in den Innenhof und setzten sich an einen freien Tisch. Die Bedienung kam sogleich und brachte die Karte. Herr

Somsher bestellte eine Flasche Sekt mit einer Flasche Wasser.

Veronika schaute ihn an: „Vielen Dank, dass Sie meiner Einladung gefolgt sind."

„Ich hatte auch daran gedacht, mich bei Ihnen zu melden, aber Sie sind mir zuvorgekommen."

„Bitte, nennen Sie mich Veronika."

„Sehr gerne, ich bin Robert."

Der Sekt und das Wasser wurden serviert und das Essen bestellt. Beide stießen auf den Abend und das Treffen an.

„Ich bin nicht so versiert mit … Verabredungen", gestand Veronika. „Und es ist normalerweise nicht meine Art mit der Tür ins Haus zu fallen."

„Ich bin ebenso nicht geübt darin", Roberts Lächeln beruhigte Veronika. „Ich hatte eine Beziehung bisher. Sie dauerte 15 Jahre. Kurz bevor wir heiraten wollten, hat sie sich von mir getrennt. Seitdem hat sich nichts anderes ergeben. Das ist jetzt sieben Jahre her. Nicht, dass ich keine Beziehung möchte, auch ich habe Bedürfnisse, aber es gehören immer zwei dazu, nicht wahr? Zwei Menschen, die sich ineinander verlieben."

Veronika hatte zwei kürzere Beziehungen vor ihrer Ehe gehabt. Dazu kam noch die Affäre mit Olaf, die das Ende der Ehe mit Martin bedeutet hatte. Robert war also offen für ein Kennenlernen und hatte den Wunsch nach einer Beziehung, das schloss Veronika aus Roberts Schilderung.

Das Essen wurde serviert. Veronika und Robert hatten für sich beide mehrere unterschiedliche Tapas bestellt. Sie kosteten von allem und befanden das Essen als köstlich und sehr gut zubereitet.

„Erzähl mir was von dir!", forderte Robert Veronika auf.

„Wo soll ich da nur anfangen?"

„Woher kommst du? Hast du Familie?"

Veronika erzählte, dass ihre Eltern bei einem Autounfall ums Leben gekommen waren. Als Familienersatz hatte sie ihren Onkel Rolf hier in Karlsruhe. Bei ihm und seinen Kindern hatte sie viel Zeit verbracht. Sie war studierte Kunstpädagogin und arbeitete in der Kunsthalle Karlsruhe. Der Beruf machte ihr sehr viel Freude. Robert hörte aufmerksam zu. Ab und an nickte er. Ihr gefiel, dass er ein guter Zuhörer war, der ihr das Gefühl gab, sich ihm anvertrauen zu können.

„Und du? Wie schaut es bei dir aus?", fragte sie, nachdem sie aus ihrem Leben berichtet hatte.

Er erinnerte sich und erzählte von seiner glücklichen Kindheit in Karlsruhe, dem Besuch des Lessinggymnasiums und der Studienzeit in Heidelberg. Es war für ihn schon immer ein Traum gewesen, Jurist zu werden. Er liebte es, in Gesetzesbüchern herumzustöbern und den Menschen zu ihrem Recht zu verhelfen. Ein Glück war es gewesen, dass er in Karlsruhe in einer Kanzlei eine Stelle bekommen hatte. Sein Fachgebiet Scheidungsrecht liebte er. Es machte ihn stolz, wenn er Paaren helfen konnte, mit erhobenem Haupt aus einer Scheidung herauszugehen. Leider funktionierte das nicht immer. Es würde hart um Eigentum und Geldangelegenheiten gekämpft, was er sehr bedauerte. Er setzte sein Glas an und trank einen Schluck Sekt.

„Leben deine Eltern noch?", wollte Veronika wissen.

Er schaute sie traurig an und sagte: „Nein, mein Vater verstarb im letzten November an einem Schlaganfall. Meine Mutter hatte das schwer getroffen. Sie waren über 50 Jahre lang miteinander verheiratet gewesen. Wir feierten vor zwei Jahren ihre Goldene Hochzeit. Sie vermisste ihn zu sehr und sie wollte einfach nicht mehr weiterleben, ohne ihn. Sie sagte oft, dass sie ihm folgen wolle, doch sie war sehr gesund und hatte ein starkes Herz. Sie hörte auf nach draußen zu gehen, traf keine Freunde mehr, wollte nicht mehr essen. Ich meldete sie bei der `Krutznow-Tagespflege´ an und war froh, dass sie schnell eine sehr kompetente Pflegerin bekam. Sie war ein Goldstück. Sie hat meine Mutter ausgezeichnet gepflegt. Eines Morgens lag meine Mutter tot im Bett. Sie hatte Schlaftabletten gesammelt und sich das Leben genommen. Ihre Pflegerin fand einen Abschiedsbrief, in dem stand, dass sie nicht mehr weiterleben wolle. Das war vor fünf Wochen. Deswegen war ich bei der Agentur, als wir uns das erste Mal getroffen hatten, ich musste ihre Verträge kündigen."

Veronika war sehr betroffen. Es tat ihr leid. Sie nahm seine Hand und wünschte ihm Beileid. Robert schüttelte leicht den Kopf: „Danke dir. Sie wollte bei ihm sein. Nun ist sie dort."

Es entstand eine betretene Pause. Robert lockerte die etwas melancholische Stimmung auf, indem er das Thema wechselte: „Wo wohnst du denn?"

„In der Nordstadt in einer kleinen Zweizimmerwohnung. Es ist nur eine Mietwohnung. Während der Krise mit meinem Ehemann bin ich aus der gemeinsamen Wohnung ausgezogen. Ich konnte mir nur etwas Kleines leisten. Dort bin ich bis heute geblieben. Ich fühle mich ganz wohl. Sie ist klein, aber fein. Und du?"

„Ich habe eine Eigentumswohnung in der Weststadt, Nähe Kühler Krug. Du kannst mir gratulieren, denn ich habe sie erst kürzlich erworben. Vorige Woche habe ich unterschrieben."

„Ich gratuliere dir!"

„Es ist eine Vierzimmerwohnung. Sie ist zu groß für mich alleine, aber ich hoffe, dass ich nicht ewig alleine bleiben werde."

Der Abend verlief weiterhin angenehm und Veronika fühlte sich in seiner Gegenwart sehr wohl. Er war ein wahrer Gentleman. Er war zurückhaltend, aber bestimmt, charmant und witzig. Nachdem beide bezahlt und das Restaurant verlassen hatten, wollte sich Veronika von ihm verabschieden. Er bot ihr freundlicherweise an, sie nach Hause zu fahren. Er wollte nicht, dass sie alleine zu später Stunde mit der Straßenbahn fuhr. Dankend nahm Veronika an. Als er vor ihrem Haus parkte, bedankte er sich für den schönen Abend. Sie lächelte ihn an und stieg aus. „Vielen Dank fürs nach Hause bringen", sagte sie. Dann drehte sie sich um und verschwand im Türeingang.

8

Veronika saß mit einer Tasse Kaffee im Bett. Ihr war noch wohlig zumute, denn sie dachte an den schönen Abend, den sie gestern zusammen mit Robert verbracht hatte. Er war ein anziehender Mann. Ob sie ihm ebenso gefallen würde, das wusste sie nicht. Das machte sie etwas unsicher. Er hatte von sich aus nichts unternehmen müssen, um sie anzusprechen oder sich zu verabreden. Sie war es gewesen, die ihm zuvorgekommen war. Vielleicht hätte er sie von sich aus niemals angesprochen? Veronikas Gedanken drehten sich im Kreis. So schön es auch war, jemanden kennengelernt zu haben, umso schwieriger war es auch, die Unsicherheiten auszuhalten, gerade in der Anfangszeit. Wenn man sich jemandem öffnet, macht man sich verletzbar, dachte sie. Es gab keine Garantie dafür, wiedergeliebt zu werden. Sie hoffte so sehr, dass er an ihr Interesse hatte und sie mochte.

Da klingelte es. Veronika stand auf, zog den Morgenmantel an und öffnete die Tür. Sie dachte an Robert. Vielleicht war er es, der sie überraschen wollte?

Doch es war nicht Robert. Es war Martin, der um die Ecke bog und zu ihr hinaufkam. Veronika war etwas enttäuscht, aber gleichzeitig froh, ihn zu sehen. Er war aus der Untersuchungshaft entlassen worden. Als er vor ihr stand, sagte er: „Ich danke dir. Du hast es geschafft, mich aus dem Gefängnis zu holen." Er umarmte Veronika und legte seinen Kopf auf ihre Schulter. „Ich danke dir", wiederholte er leise. „Du bist meine Rettung." Veronika löste die Umarmung und bat ihn, herein zu kommen. Sie zog sich schnell etwas anderes an. Anschließend setzten sie sich auf die Couch.

„Wie ist es dir ergangen?", wollte Veronika wissen.

Er erzählte, dass er einem Haftrichter vorgeführt wurde und dieser das Urteil `dringend verdächtig´ gefällt hatte. Dies genügte, um in Untersuchungshaft gebracht zu werden. Er musste alle persönlichen Dinge abgeben und wurde in eine Einzelzelle in der Hauptanstalt der Justizvollzugsanstalt in Karlsruhe geführt, in der er bis heute früh bleiben musste. Des Öfteren wurde er von Hauptkommissar Frank oder anderen Polizeibeamten befragt. Einigen psychologischen Tests musste er sich auch unterziehen. Er hatte existentielle Ängste ausgestanden. Am schlimmsten war die Tatsache, dass er sich überhaupt nicht erinnern konnte und er selbst Zweifel hatte, ob er Pamela wirklich umgebracht haben könnte.

Heute Morgen schließlich kam Hauptkommissar Frank und sagte, dass er dank Veronika die Anstalt verlassen dürfe. Es bestünde keine unmittelbare Fluchtgefahr. Er solle sich nicht aus Karlsruhe oder Bruchsal entfernen und immer verfügbar sein. Er war sofort zu Veronika gekommen, um ihr zu danken.

„Was hast du herausgefunden, das dazu führte, dass ich gehen durfte?", wollte Martin wissen.

Veronika lächelte stolz: „Wir haben herausgefunden, dass Pamelas Zweitwohnungsschlüssel aus der Wohnung von Pamelas Mutter gestohlen wurde. Es wurde als Einbruch getarnt. Geld und Schmuck wurden entwendet. Aber in Wirklichkeit ging es nur um den Schlüssel. Zumindest glaube ich das. Pamelas Wohnung hat ein besonderes Türschloss. Man kann zwei Schlüssel hineinstecken und von innen und außen aufschließen, auch wenn ein Schlüssel steckt."

„Das hieße, dass jemand Drittes in die Wohnung gelangen konnte."

„Richtig, und dieser Jemand hat dich betäubt und Pamela erwürgt."

„Aber wie sollte das geschehen sein? Ich kann mich daran nicht erinnern, dass jemand hereinkam und etwas in mein Glas geschüttet hat. Hm, das passt so gar nicht zusammen."

„Mag sein. Jedenfalls hat dir meine Entdeckung geholfen und das macht mich mächtig stolz!"

Martin blickte Veronika dankbar und vertraut an. Er umarmte sie innig und holte tief Luft, sodass er ihren angenehmen Geruch aufnehmen konnte. Es fühlte sich gut an. Er hielt sie lange still im Arm. Veronika wehrte sich nicht. Martin spürte jedoch, dass seine Umarmung nicht in der gleichen Art und Weise erwidert wurde. Er ließ ab von ihr und schaute ihr in die Augen. Ihre Lippen wurden schmal und sie seufzte aus.

„Es tut mir leid, Martin. Ich …"

„Schon gut. Ich verstehe. Ich wollte nur nochmal deine Nähe spüren. Ich dachte, vielleicht wird es wieder wie früher. Ich hoffte, du würdest bemerken, dass ich dir doch noch etwas bedeute."

„Du bedeutest mir viel, Martin. Aber nicht mehr auf diese Weise. Du bist ein großer Teil in meinem Leben und das wirst du immer bleiben. Aber ich kann und will nicht mehr zurück."

Martin schluckte und nickte. Es war schwer für ihn, ihre Entscheidung zu akzeptieren. Aber er musste es. Um sich nicht weiter emotional zu verstricken, wechselte er schnell das Thema. Er wollte wissen, was Veronika noch alles unternommen hatte. Hatte sie noch etwas herausgefunden?

Veronika ging dankbar darauf ein. Sie berichtete ausführlich von ihren Treffen mit Bianca Juck und Frau

Rolsheim und der mysteriösen Nachricht: `Du bist schuld´. Gemeinsam hatten sie einen alten Liebesbrief gefunden und von einem Autounfall erfahren. In allen Details erklärte sie die Umstände und wie sie nun weiter vorgehen wollte. Martin hörte aufmerksam zu. Er versuchte sich alles so gut es ging zu merken. Ab sofort wollte er bei allen Treffen dabei sein.

Da sah Martin auf dem Couchtisch eine Visitenkarte liegen. Er las gerade das Wort `Rechtsanwalt´, als Veronika die Karte schnell an sich nahm und in ihre Hosentasche steckte. Martin sah Veronika ungläubig an und fragte bitter: „Du hast einen Rechtsanwalt an der Hand? Ist es wegen unserer Scheidung? Hast du ihn bereits beauftragt?"

„Nein, es ist nicht so, wie du denkst."

„Nein?"

„Hör zu, dieser Mann ist Rechtsanwalt, ja, und ich gebe zu, ich habe kurz darüber nachgedacht, ob ich ihn wegen unserer Scheidung ansprechen möchte. Aber ich kenne ihn erst kurz und ich weiß nicht, ob er der Richtige sein könnte, denn …"

„Oh Gott", stammelte Martin. „Du hast dich mit ihm getroffen? Ist es das? Er ist ein Date von dir?"

Veronika schaute ihn vorwurfsvoll an. Sie fühlte sich schlecht, obwohl sie keinen Grund dafür hatte. Martin und sie waren nicht mehr zusammen. Sie konnte sich treffen, mit wem sie wollte. Dennoch hatte sie wegen ihm ein schlechtes Gewissen. Sie sagte entschuldigend: „Martin, was ich mache, geht dich nichts an. Der Mann ist sehr nett und weiter ist nichts gewesen. Ich weiß noch nicht einmal, ob ich verliebt bin. Es fühlt sich gut und richtig an, weiter nichts."

Martin erwiderte kurz: „Entschuldige bitte. Du hast Recht. Es geht mich nichts an."

Er stand auf, ging zur Abschlusstür und drehte sich um. Er bat: „Bitte gib mir Bescheid, wenn du dich mit Frau Juck oder Frau Rolsheim triffst oder etwas anderes unternimmst. Ein Mörder läuft frei herum, sei bitte vorsichtig."

Dann verließ er die Wohnung. Veronikas leichte Stimmung war verflogen. Sie fühlte sich schuldig. Schuldig, weil sie sich für einen anderen Mann interessierte und Martin damit verletzte.

Gegen 15 Uhr war Veronika mit Frau Juck und Frau Rolsheim in Rüppurr verabredet. Martin sollte dazu kommen. Frau Juck und Frau Rolsheim war es zunächst nicht Recht gewesen, Martin ebenso einzuladen. Sie hatten Vorbehalte gegen ihn. Vielleicht war er doch der Schuldige? Sie konnten ihre Vorurteile nicht ganz ablegen.

Als Martin eintrat, beäugten sie ihn distanziert. Martin bemerkte den Umstand sofort. Um das Eis zu brechen, bat ihn Veronika, zunächst ausführlich von Pamelas letztem Abend zu berichten.

Martin blickte Veronika verstohlen an. Bevor er ihrer Bitte Folge leistete, beschrieb er Pamelas wunderbares Aussehen und ihre liebevolle Art zu sprechen. Pamela hatte etwas ganz Besonderes, was ihm gleich aufgefallen war und was er an ihr sehr schätzte. Sie hatte ein einnehmendes Wesen, das einen tiefen und bleibenden Eindruck hinterlassen hatte. Er bedauerte es zutiefst, dass ihr so etwas Grausames widerfahren musste.

Mit dieser etwas übertriebenen Beschreibung und seiner Anteilnahme besänftigte er Frau Juck und Frau Rolsheim gleichermaßen. Dann, als eine gemeinsame Basis geschaffen war, begann er vom Essen beim Griechen und dem Mann zu erzählen, der Pamela ein Geschenk überreichen wollte. Seltsam war ihre Reaktion auf ihn gewesen. Frau Juck unterbrach Martin und meinte, dass dies vielleicht der Mann sein könnte, der den schwülstigen Liebesbrief verfasst hatte. Es würde zu Martins Schilderungen passen. Er liebte sie und sie wollte nichts von ihm wissen. Aus Liebeskummer lauerte er ihr auf und erwürgte sie.

„Möglich", überlegte Martin. Er ließ jedoch Frau Jucks Einwurf stehen und fuhr fort.

Pamela wollte früh nach Hause gehen und er sollte sie begleiten. Er erinnerte sich an ihre aufgeräumte Wohnung. Alles stand akkurat an seinem Platz.

„Ja, so war sie!", sagte Frau Rolsheim. „Es war ihre Leidenschaft. Sie konnte es nicht tolerieren, wenn etwas ungeordnet dastand."

Nachdem sie einige Drinks getrunken hatten, setzte seine Erinnerung aus. Martin verstummte. An mehr konnte er sich nicht erinnern. Als er wieder zu sich kam, da war der Mord bereits geschehen. Dann zögerte er für einen Moment. Etwas zog seine Aufmerksamkeit auf sich. Da war etwas in der Wohnung, das nicht stimmte. Etwas war falsch. Seine Stirn legte sich in Runzeln. Dann kam ihm ein Gedanke. Sein Blick erhellte sich: „Jetzt weiß ich es wieder. Frau Rolsheim und Frau Juck, in welcher Reihenfolge wurden die Flaschen der Bar in dem Regal aufgestellt? Bitte erinnern Sie sich genau!"

„Nun", begann Frau Juck, „sie waren wie die Orgelpfeifen aufgestellt. Ganz links stand die kleinste Flasche und ganz rechts die Größte. Die Etiketten waren immer nach vorne ausgerichtet."

„Ja, das stimmt", bestätigte Frau Rolsheim.

„Und würde sie einmal eine Ausnahme gemacht und die Flaschen durcheinander aufgestellt haben, wenn sie möglicherweise etwas angetrunken war?"

Frau Juck und Frau Rolsheim schauten sich an. Dann meinte Frau Juck: „Ich denke nicht. Da war sie sehr penibel. Und wirklich betrunken habe ich sie noch nie erlebt. Sie konnte sich beherrschen und trank immer nur bis zu einem gewissen Maße."

Martin nickte mit dem Kopf. „Sehen Sie, als ich am Morgen aus der Wohnung lief, da sah ich aus dem Augenwinkel, dass einige Flaschen vertauscht waren. Ich schaute ganz automatisch genauer hin, da sah ich, dass auch die Etiketten nicht alle nach vorne ausgerichtet waren. Ich dachte mir nichts weiter und verließ fluchtartig die Wohnung. Ich weiß nicht, was das zu bedeuten hat. Aber es muss einen Sinn haben."

9

„Bitte erzählen Sie mir von Pamelas Arbeit", bat Martin. „War sie gerne Pflegerin, war sie zufrieden mit der Agentur oder mit ihren Klienten? Bitte erinnern Sie sich und berichten mir jede Kleinigkeit, auch wenn sie für Sie nicht wichtig erscheint."

Frau Juck begann: „Nun, es war erst Pamelas zweite Arbeitsstelle. Sie müssen wissen, vor ihrer Ausbildung zur Altenpflegerin hatte sie als Bäckereifachangestellte gearbeitet. Das machte ihr aber keinen Spaß, deswegen absolvierte sie ihre zweite Ausbildung. Bevor sie nun zur `Krutznow-Tagespflege´ kam, arbeitete sie zuerst in einem Altenheim in Grötzingen. Sie erzählte immer wieder davon. Sie musste jeden Tag mit dem Auto dorthin fahren, was sie sehr störte. Der Berufsverkehr war furchtbar. Hier in Karlsruhe benötigte sie eigentlich kein eigenes Auto und durch die Stelle war sie gezwungen, eines zu unterhalten. Die alten Menschen im Heim waren nett und lieb, die Armen. Die Heimleitung war hart und berechnend. 15 Senioren kamen auf eine Pflegerin. Stellen Sie sich das vor! Sie konnte keinem richtig gerecht werden. Verdient hat sie nicht viel. Es gab Schichtzulage, deswegen mochte sie gerne nachts arbeiten. Irgendwann war es ihr dann doch zu viel und sie legte sich mit der Heimleitung an. Daraufhin wurde sie entlassen. Es dauerte nicht lange, bis sie sich bei der Agentur `Krutznow-Tagespflege´ bewarb und sofort genommen wurde. Ich habe sie ein paar Tage später kennen gelernt. Wir waren uns von Anfang an sympathisch."

„Welches Verhältnis hatte Pamela zu ihren übrigen Arbeitskolleginnen und zu ihrem Chef?", unterbrach Martin.

„Also, zur Chefin Frau Krutznow hatte sie anfangs ein eher angespanntes Verhältnis. Pamela war ihr zu forsch und zu geschäftig. Das mochte Frau Krutznow nicht. Eingestellt wurde sie trotzdem, weil sie ein gutes Zeugnis vorweisen konnte. Das Verhältnis besserte sich erst, als Pamela gute Leistungen erbrachte und die Patienten zufrieden waren."

„Ich verstehe."

„Ja, und zu uns Kolleginnen hatte sie gleich ein unbeschwertes Verhältnis", fuhr Frau Juck fort. „Jedenfalls war es zu Beginn so. Sie war sehr beliebt, weil sie neuen Wind hereinbrachte. Aber als mehrere Klientinnen ausdrücklich Pamela als Pflegerin haben wollten, da änderte sich alles. Pamela war der Liebling und manch andere hatte bald das Nachsehen. Es hatte sich herumgesprochen, dass sie eine pflichtbewusste, freundliche und sehr kompetente Kraft war."

„Wer hatte das Nachsehen?", wollte Martin wissen.

Frau Juck überlegte: „Das hatten Dina Muster und Reja Odessum zum Beispiel. Wobei Reja zu vernachlässigen ist. Sie regt sich schnell auf und beruhigt sich auch wieder. Vielleicht ist sie auch ein wenig cholerisch."

„Und die andere, Frau Dina Muster?"

„Ja, die war sehr getroffen, denn sie hatte zu wenig zu tun und keiner wollte mehr zu ihr. Wenn sie sich bei den Pflegebedürftigen vorstellte, stellte sich heraus, dass diese sie nicht haben wollten. Es gehört eben auch ein gewisses Maß an Vertrauen dazu, wenn man sich intensiv um jemanden kümmern soll. Das konnte sie nicht vermitteln. Pamela konnte es sehr gut. Die Menschen informieren sich und wollen nicht irgendwen."

„Und Sie? Waren sie auch neidisch, weil Pamela erfolgreich war?"

Frau Juck schüttelte den Kopf: „Nein, ich war ihre Freundin. Ich gönnte es ihr von ganzem Herzen."

Martin lächelte verständig. Dann fragte er weiter: „Erzählen Sie mir von Ihren Klienten. Pamela war also sehr beliebt und Sie fühlten sich wohl bei ihr?"

„Richtig. Pamela pflegte drei ältere Damen. Sie mochte sie gerne. Lassen Sie mich überlegen. Da war Frau Somsherr, sie starb leider vor einigen Wochen. Pamela hatte einen guten Draht zu ihr. Sie erzählte immer, wie klug und gebildet Frau Somsherr war. Sie hatte auch immer einen Spaß auf den Lippen, was Pamela gut gefiel. Dann war da Frau Brunsbüttel, eine sehr vitale Frau. Sie hatte eine leichte Gehbehinderung, sonst war

93

sie körperlich und geistig fit. Dann pflegte sie noch Frau Zimser, sie verstarb auch erst kürzlich an Kreislaufversagen. Sie war Pamelas Liebling. Zu ihr hatte sie eine fast familiäre Beziehung."

Martin bedankte sich bei Frau Juck für die ausführliche Schilderung von Pamelas Arbeitsumfeld.

„Frau Rolsheim, können Sie uns noch weiterführende Angaben machen?"

Frau Rolsheim schüttelte den Kopf. Sie wusste nicht so viel von Pamelas Arbeitsstelle. Martin bat Veronika, ihm einen Zettel und einen Stift zu reichen. Es waren viele Informationen, die er nun verarbeiten musste. Hierfür schrieb er folgende Namen auf das Blatt: „Dina Muster, Frau Somsherr, Frau Brunsbüttel und Frau Zimser. Diese Damen erscheinen mir wichtig zu sein. Wir müssen mit ihnen, beziehungsweise mit ihren Angehörigen sprechen."

Veronika bat Martin um den Zettel und sagte: „Es gibt noch mehrere interessante Namen: Bert Riess und Paul Frestler. Herr Riess verursachte einen Autounfall, an dem Pamela beteiligt war, und Herr Frestler war unglücklich in Pamela verliebt."

„Richtig, davon hattest du mir erzählt."

„Was ist mit dieser Reja?", wollte Veronika wissen.

„Wir werden sie im Hinterkopf behalten. Wenn wir bei den anderen keinen Erfolg gehabt haben, werden wir mit ihr sprechen. Dringlich scheint es mir nicht zu sein."

Die vier beratschlagten, wie sie nun weiter vorgehen sollten. Frau Juck und Frau Rolsheim wollten sich aus den Ermittlungen heraushalten. Sie mochten auf keinen Fall mit einer der genannten Personen sprechen. Martin und Veronika beschlossen, sich gemeinsam auf die Suche nach Antworten zu machen.

Als Martin und Veronika wenige Augenblicke später vor Frau Rolsheims Reihenhaus in Martins Corsa einstiegen, wurde Veronika unruhig. Sie blickte nervös zu Martin. „Was hast du denn?", wollte Martin wissen.

„Ich denke, wir können uns eventuell auch trennen und einzeln Gespräche führen. Wir müssen es nicht alles gemeinsam tun oder?"

„Warum denn nicht? Zwei Menschen entdecken oft mehr, als nur einer. Vielleicht entgeht uns etwas Wichtiges."

„Ich möchte trotzdem alleine …"

Martin wandte sich ihr zu. Er verstand Veronikas Einwand nicht. Einfühlsam fragte er: „Kannst du es nicht, wegen mir? Weil du meine Nähe nicht aushältst?"

„Nein, das ist es nicht."

„Du kannst offen und ehrlich mit mir sprechen. Was ist los?"

Veronika drückste herum: „Diese Frau Somsherr, von der Frau Juck erzählt hatte, sie ist die Mutter von …"

„Ja?"

„… von dem Mann, den ich kürzlich kennen gelernt habe und dessen Visitenkarte du auf dem Tisch hast liegen sehen."

Martin wandte sich ab von ihr und blickte nach vorne.

„Wir haben uns in der Agentur kennengelernt. Er musste die Verträge seiner Mutter kündigen. Ich weiß nicht, ob es eine gute Idee ist, wenn wir gemeinsam zu ihm gehen."

„Wieso nicht? Hast du Angst, dass ich ihm etwas antue?", sprach Martin bitter.

Veronika schluckte und wiederholte: „Ich finde es keine gute Idee!"

„Und ob!", antwortete Martin schnell. „Dort werden wir gleich als erstes hingehen!"

Martin startete den Wagen. Veronika zog widerwillig die Visitenkarte heraus und las die Adresse von Robert Somsherrs Wohnung vor. Sie fuhren die Südtangente entlang in Richtung Kühler Krug. Da fragte Veronika:

„Was sollen wir denn als Grund angeben, dass wir ihn gemeinsam aufsuchen?"

Martin gab zur Antwort, dass er sich schon etwas einfallen lassen würde. Vielleicht sollten sie einfach die Wahrheit sagen, dass er des Mordes beschuldigt wurde und sie nun versuchten herauszufinden, was tatsächlich geschah? Veronika hielt das für keine gute Idee. „Wäre es denn nicht besser, wenn ich ihn unauffällig bei einem unserer nächsten Treffen auf Pamelas Tod anspreche?", fragte Veronika vorsichtig. „Ich würde ihn wirklich gerne näher kennenlernen und ich habe Angst, dass dieser Umstand, diese gemeinsame Befragung unser Kennenlernen stören könnte."

Martin bog von der Südtangente ab. Sie waren nun kurz vor Robert Somsherrs Wohnung angelangt. Da fuhr er rechts ran. Er blickte Veronika traurig an. Natürlich wollte er ihrem Glück nicht im Wege stehen. Wenn ihr dieser Mann so wichtig war, musste er nachgeben. Er nickte und fuhr wieder los. „Ich bringe dich jetzt nach Hause. Ich vertraue dir. Du wirst mir berichten, was du erfahren hast."

Veronika bedankte sich bei Martin. Sie wusste, wie schwer es für ihn war, diese neue Situation zu akzeptieren. Die Autofahrt zu ihrer Wohnung war bedrückend. Niemand sagte nur ein Wort. Veronika hatte ein schlechtes Gewissen. Für sie war es schwer, herauszufinden, was in Martins Kopf vor sich ging. Er verzog keine Miene. Dann, bevor sie aus seinem Auto ausstieg, fragte er, ob er die Telefonnummer von Frau Juck haben dürfte. Sie bot an, ihm den Kontakt per Handy zu schicken. Martin nickte dankend. Dann sagte er leise: „Bis dann, ich melde mich."

Als Martin bei sich zu Hause in Bruchsal war, nahm er sogleich das Handy und wählte Frau Jucks Telefonnummer. Er bat sie, ihm die Adressen der drei älteren Damen, die Pamela gepflegt hatte, herauszusuchen. Sie würde in der Agentur sicher die Möglichkeit dazu haben. Frau Juck bejahte. Sie würde ihm gerne den Gefallen tun. Am nächsten Tag wollte sie gleich danach suchen und ihm Bescheid geben. Martin bedankte sich und legte auf.

Er lief in die Küche und öffnete sich eine kühle Flasche Bier. Dann setzte er sich nachdenklich auf den Balkon. „Es gibt so viele Möglichkeiten", sagte er sich. „Bis jetzt tappe ich noch ganz im Dunkeln. Ich hoffe, ich finde den passenden Schlüssel zu diesem Rätsel." Wieder dachte er an die Flaschen in Pamelas Hausbar.

10

Martin und Veronika standen vor einem großen Einfamilienhaus in Weiherfeld-Dammerstock. Die Fenster im Parterre waren mit Gitter versehen. An den Wänden rankte Efeu entlang. Die Eingangstür war etwas nach innen versetzt. Martin drückte den Klingelknopf. Es dauerte einen Moment, bis eine Frau Anfang 30 die Tür öffnete. Sie hatte künstliche pinkfarbene Fingernägel, schwarzgefärbte, lockige Haare und eine Zigarette im Mund. Ihr Gesicht war auffallend geschminkt. Verwundert schaute sie die beiden Besucher an. „Was wollen Sie?", fragte sie mit einem leicht polnischen Akzent.

Martin räusperte sich: „Wir würden gerne mit Frau Brunsbüttel sprechen."

„Wer sind Sie?"

„Wir sind Freunde einer Bekannten von Frau Brunsbüttel."

„Aha", bemerkte die Frau trocken.

„Frau Muster, wer ist denn da?", hörte man eine Stimme vom Inneren des Hauses.

„Zwei Leute, die wollen sprechen mit Ihnen!", rief sie hinein.

„Na, führen Sie sie herein!", sagte die Stimme bittend.

„Kommen Sie." Die Frau führte Martin und Veronika ins Wohnzimmer. „Hier, der Besuch. Sie mich noch brauchen?"

Eine adrett gekleidete ältere Dame schaute etwas verwundert, als sie Martin und Veronika sah. Dennoch gab sie der Frau zu verstehen, dass sie jetzt alleine mit dem Besuch sprechen wollte. Sie solle sich aber noch im Haus zur Verfügung halten, falls ihr noch etwas einfiele. Die Frau grunzte etwas Unverständliches und verließ den Raum. Dabei schloss sie die Tür.

Die ältere Dame nahm ihre große Brille ab und fragte: „Ich kenne sie nicht. Was wollen Sie von mir?"

„Sind Sie Frau Brunsbüttel?", begann Martin.

Frau Brunsbüttel nickte. Martin lächelte sie an und erklärte: „Wir sind ein befreundetes Ehepaar von Pamela Rolsheim, Ihre ehemalige Pflegerin. Sie haben sicherlich diese furchtbare Tragödie ihres tragischen Todes mitbekommen. Wir sind alle sehr entsetzt, wie so etwas geschehen konnte. Nun, wir möchten gerne im Andenken an Pamela ein Buch erstellen mit schönen Geschichten, Anekdoten und Erlebnissen, die die

Hinterbliebenen an Pamela erinnern. Da dachten wir, wir fragen Sie, ob Sie sich an etwas Besonderes erinnern. Sie hatte viel Zeit mit Ihnen verbracht."

„Das ist aber eine entzückende Idee", sagte Frau Brunsbüttel begeistert. Sie bot den beiden Besuchern einen Platz auf der Couch an. In Gedanken versunken begann Sie von der schönen gemeinsamen Zeit zu berichten. Pamela war eine lebensfrohe, geduldige und sehr sensible junge Frau gewesen. Sie hatten auch sehr viel Spaß miteinander gehabt. Die nötige Arbeit erledigte Pamela ohne ein Anzeichen von Stress oder Müdigkeit. Sie war gerne Pflegerin und kümmerte sich rührig um ihre Belange. Auf die Frage nach einem gemeinsamen Erlebnis oder einer Geschichte, bat sie Veronika, ihr einen Karton mit Bildern aus dem Wohnzimmerschrank zu holen. Sie entschuldigte sich, weil sie selbst nur mit Mühe aufstehen konnte. Nach ihrer Hüftoperation hatte sie starke Schmerzen beim Aufstehen und Gehen. Veronika winkte ab und überreichte ihr den Karton. Frau Brunsbüttel suchte nach einem bestimmten Bild. Nachdem sie es gefunden hatte, zeigte sie es stolz. Darauf sah man sie als junge Frau in einem glitzernden, hautengen Kostüm. Neben ihr stand ein gutaussehender Mann mit zurückgegelten Haaren in einem feinen Anzug. „Das war bei den Deutschen Meisterschaften im Paartanz 1965. Mein Partner und ich gewannen die Goldmedaille in Standard und Latein. Jaja, das waren goldene Zeiten."

Martin und Veronika lächelten anerkennend, verstanden jedoch nicht, was dieses Bild mit Pamela zu tun haben könnte.

„Dies war nicht der einzige Titel, den wir damals gewonnen hatten. Wir waren ein vielversprechendes Paar, das bald international den Durchbruch haben sollte. Alle waren sich sicher, dass wir es auch weltweit schaffen würden. Da hatten die Buchmacher jedoch auf das falsche Pferd gesetzt. Immer, wenn wir bei einer Meisterschaft antraten, erreichten wir höchstens den vierten oder fünften Platz. Wir konnten das Niveau auf internationaler Bühne nicht halten. Wir waren nur Mittelmaß. Das war sehr zermürbend. Wir mussten uns eingestehen, dass wir nicht gut genug waren. Nach drei Jahren Schuften und Ackern und wund getanzten Füßen, kehrten wir zurück und gaben unsere Profikarriere auf. Wir gründeten zusammen hier in Karlsruhe eine Tanzschule, die sehr erfolgreich lief. Darin fanden wir unser Glück. Ach, es war eine schöne Zeit." Sie strich mit ihrer Hand zärtlich über das Foto. „Arnold, mein Partner und liebender Mann, verstarb vor 11 Jahren. Seitdem lebe ich alleine. Die Tanzschule gibt es heute nicht mehr. Alles geht vorüber."

Martin wartete ab, ob sie noch weiter aus ihrer Erinnerung erzählen wollte. Aber sie verstummte und blickte liebevoll auf das Bild.

„Haben Sie mit Pamela über Ihre Tanzkarriere gesprochen?"

Frau Brunsbüttel sah Martin fragend an. Dann erhellte sich ihr Blick: „Ja, ich habe mit ihr oft darüber gesprochen. Ach, es war so schön, mit ihr über mein Leben zu sprechen. Sie war so wissbegierig und wollte alles genau erfahren." Sie machte eine kleine Pause. Dann redete sie strahlend weiter: „Ich habe Pamela gezeigt, wie man richtig tanzt. Jeden Tag korrigierte ich ihre Schritte und Haltungen. Nun, ich konnte nicht aufstehen und es vormachen, aber meine Erklärungen reichten aus. Sie war begabt, die Kleine." Frau Brunsbüttel machte eine virtuose Armbewegung. „Das können Sie in ihr kleines Buch schreiben. Sie wollte unbedingt tanzen lernen, denn sie wollte sich auch auf dem Parkett der großen Welt zurechtfinden. An Bällen wollte sie teilnehmen und ich lehrte sie, wie sie sich zu benehmen und zu bewegen hatte." Ihr Blick wurde traurig. „Aber nun ist alles zu Ende. Sie ist tot und nun interessiert sich keiner mehr für mich und meine Erfahrungen. Sehen Sie, ich habe keine Kinder. Ich habe darauf verzichtet zugunsten meiner Karriere. Nun bin ich vollkommen auf mich gestellt. Ich bekomme keine

Gesellschaft mehr. Alt werden klingt vielleicht schön, aber alt sein, das ist kein Vergnügen, wenn man alleine übrigbleibt."

„Aber Sie haben eine neue Pflegerin?", fragte Veronika.

„Frau Muster? Ich habe Angst vor ihr. Ich denke, sie schüttet Gift in meinen Tee. Ihr würde ich das zumindest zutrauen. Sie ist schroff und unfreundlich. Und sie macht nur das Mindeste. Ich fühle mich überhaupt nicht umsorgt. Sie raucht in meinem Haus. Das ist ganz und gar abscheulich!"

„Heißt sie mit vollem Namen Dina Muster?", wollte Martin wissen.

„Ja, warum fragen Sie?"

„Ich habe sie im Internet auf der Seite von der Agentur `Krutznow-Tagespflege´ gesehen. Ich dachte mir vorhin, dass sie mir bekannt vorkam. Weiter nichts."

Frau Brunsbüttel nickte verständig. Martin bedankte sich bei Frau Brunsbüttel für ihre Aufmerksamkeit und Offenheit. Sie würden gerne eine Geschichte über das Tanzen niederschreiben. Er bat Sie, eventuell noch mit Frau Muster sprechen zu dürfen. Vielleicht hätte sie ebenso etwas beizutragen. Frau Brunsbüttel läutete eine Glocke. Kurz darauf kam Frau Muster herein. „Was wollen? Ich habe zu tun."

Martin fragte, ob sie eine witzige oder liebevolle kleine Geschichte über Pamela wüsste, die er in einem kleinen Buch veröffentlichen wollte. Frau Muster bekam einen sonderbaren Gesichtsausdruck: „Es gibt nichts zu sagen über Pamela. Sie war eine Schlange, die nichts anderen gönnte. Was kann ich sagen Gutes? Ich hätte fast meinen Job verloren. Nur weil sie falsch ist zu andere Leute. So ist gut. Sie ist weg und ich habe Arbeit. Ich muss nun tun meine Arbeit und Sie müssen gehen." Schroff wies sie Martin und Veronika den Weg zur Eingangstür. Noch bevor sich die Tür schloss hörten Martin und Veronika Frau Brunsbüttels Stimme: „Frau Muster, ich benötige meine Medikamente, bitte, und eine Tasse Tee!"

„Ich nicht haben Zeit. Sie warten bis ich haben meine Arbeit fertig!"

Martin schaute Veronika an. Nachdenklich sagte er: „Ich wäre nicht gerne an Frau Brunsbüttels Stelle." Veronika ahmte Frau Muster nach und hob dabei den Zeigefinger: „Ich haben keine Zeit!" Beide lachten. Wie unterschiedlich Menschen sein können und wie seltsam das Leben manchmal spielte. Frau Brunsbüttel war eine liebenswerte alte Dame, die hohe Stücke auf Pamela hielt. Frau Muster hingegen war nicht gut auf Pamela zu sprechen. Wahrscheinlich wurde sie nach Pamelas Tod Frau Brunsbüttel zugewiesen. „Arme Frau Brunsbüttel", sagten sie sich.

Kurz darauf fuhren Martin und Veronika mit dem Auto in die Waldstadt. Die Waldstadt war ein Stadtteil im Norden Karlsruhes. Angrenzend befand sich der Hardtwald. Im Gegensatz zu der eher schickeren Wohngegend in Weiherfeld-Dammerstock, in der Frau Brunsbüttel wohnte, gab es hier Straßenzüge, die nur aus großen Wohnblocks und Hochhäusern bestanden. Veronika mochte diese Gegend nicht besonders. Martin erklärte ihr, dass es eine besondere Mischung und Vielfalt in der Waldstadt gab. Auf der einen Seite gab es große Wohnanlagen, in denen dichtbesiedelt viele Menschen wohnten, auf der anderen Seite aber auch viele Einfamilienhäuser. Sozial schwächer gestellte Menschen hatten hier ihr zu Hause, aber auch wohlhabende Menschen. Er könnte sich gut vorstellen, hier zu leben. Er lenkte den Wagen in die Kolberger Straße. Dort blieb er vor einem bestimmten Wohnblock stehen. Wenige Augenblicke später lasen sie die Klingelschilder. Martin drückte den Klingelknopf. Die Tür öffnete sich. Im Parterre stand eine Frau in der Eingangstür. Sie hatte neugierige kleine Augen. Mit ihren Händen spielte sie an ihrer Bluse. „Ja bitte?", sagte sie mit einer hellen, leisen Stimme.

„Sind Sie Frau Zimser?", fragte Martin.

Frau Zimser bejahte. Martin erklärte ihr den Grund ihres Besuchs. Dafür bediente er sich der gleichen

Geschichte, die er auch Frau Brunsbüttel aufgetischt hatte. Frau Zimsers Augen weiteten sich, als er Pamela Rolsheims Namen erwähnte. Sie trat einen Schritt vor und lehnte die Tür an. Mit gedämpfter Stimme flüsterte sie eindringlich: „Bitte gehen Sie! Wir haben mit Frau Rolsheim nichts zu tun. Sie hatte meine Schwiegermutter gepflegt und fertig. Das ist vorbei! Lassen wir die Sache auf sich beruhen!" Sie drehte sich um, ging in die Wohnung und wollte gerade die Tür schließen, als eine raue Männerstimme von innen rief: „Wer ist das denn?"

„Nichts, Liebling, alles gut, die Herrschaften wollen nur eine Zeitschrift verkaufen."

Martin und Veronika schauten sich fragend an.

„Aha?!", die Stimme kam näher. Kurz darauf stand ein großer, kräftiger Mann in der Eingangstür. „Was denn für eine Zeitschrift?"

Veronika entschuldigte sich für ihren Besuch. Sie war etwas peinlich berührt. Umgehend klärte sie das Missverständnis auf. Als der Mann Pamelas Namen hörte, verschränkte er die Arme vor seiner Brust. „Soso, sie wollen uns ausfragen wegen Pamela Rolsheim?", polterte er. „Das geht uns alles nichts an! Und nun verschwinden Sie und lassen Sie uns in Frieden!"

Veronika zog Martin am Arm. Sie fühlte sich unbehaglich und wollte schnell wieder gehen. Martin ließ sich von ihr ohne Widerworte nach draußen führen. Sie hörten, wie die Türe im Inneren ins Schloss knallte. Mit gemischten Gefühlen fuhren sie davon.

Veronika blickte auf die Uhr. Es war bereits viertel vor sieben. Sie war frisch geduscht und hatte ein helles, schmalgeschnittenes Leinenkleid an. Gleich würde Robert kommen und sie abholen. Sie wollten zusammen essen gehen. Voller Vorfreude stand sie vor dem Spiegel und frisierte sich die Haare.

Plötzlich dachte sie an Pamela und die Gespräche, die sie am Nachmittag zusammen mit Martin geführt hatte. Pamela war laut Frau Brunsbüttel eine liebenswerte Person, die sehr engagiert und herzlich ihre Arbeit verrichtet hatte. Diese Sichtweise deckte sich mit Frau Jucks und Frau Rolsheims Aussage. Frau Dina Muster und das Ehepaar Zimser sahen das offenbar anders. Irgendetwas verbargen sie. Sie hielten etwas zurück. Zu gern würde Veronika wissen, was?

Da klingelte es. Veronika lächelte freudig und lief zur Tür. Durch die Gegensprechanlage sagte sie, dass sie gleich nach unten kommen würde. Sie vergewisserte sich, dass sie nichts vergessen hatte, dann verließ sie die Wohnung.

Robert wartete unten vor seinem Auto. Als er Veronika sah, erhellte sich sein Gesicht. Freundlich, aber noch etwas distanziert, begrüßten sie sich. Er öffnete ihr die Wagentür, dann stieg er selbst ein und fuhr los.

Während der Fahrt schaute Veronika Robert von der Seite an. Sie war irgendwie stolz, mit so einem attraktiven Mann verabredet zu sein. Er hatte ein weinrotes Poloshirt, dazu einen leichten Pullover über die Schultern geworfen und eine sandfarbene Stoffhose an. Stilvoll und chic sah er aus.

„Ist alles in Ordnung?", wollte er wissen.

Veronika bejahte. Sie fühlte sich sehr wohl und freute sich auf den kommenden Abend. Er erklärte ihr, dass er ein ganz besonderes Restaurant ausgesucht hatte. Dazu mussten sie über Land etwa eine halbe Stunde lang fahren. Sie solle sich überraschen lassen. Sie fuhren an Bruchsal vorbei in Richtung Bretten. Kurz danach bog er links in den Ort Gondelsheim ein. Dort angekommen standen sie vor einem imposanten Fachwerkhaus. Auf einem Schild stand: `Bärenpforte´. Robert führte sie ins Innere. Die Einrichtung war stilvoll gefertigt aus schwerem Holz. Der verwinkelte Saal mit seinen kleinen Nischen und Erkern und den massiven rustikalen

Tischen und Stühlen erinnerte sie an einen Rittersaal. Es war so, als hätten sie eine Reise in eine längst vergangene Zeit unternommen. Ein Kellner fragte nach der Reservierungsnummer und führte sie anschließend an einen Zweiertisch. Die Kerzen wurden angezündet und die Speisekarten überreicht.

„Es ist schön hier", sagte Veronika, „und sehr romantisch."

Robert lächelte sie an. Dann vertieften sie sich in die Karte. Schon die Namen der Gerichte und die spezielle Auswahl an Getränken verrieten, dass es sich um eine gehobene Gastronomie handelte. Veronika fühlte sich etwas unsicher, versuchte aber, sich nichts anmerken zu lassen. Robert schlug ein dreigängiges Menü vor. Er lobte die außergewöhnlichen fruchtigen Bierkreationen des Hauses. Sie solle unbedingt eines probieren. Veronika nahm seinen Vorschlag dankend an. Das Essen wurde bestellt und kurze Zeit später die Getränke serviert. Robert hatte ein Kirschbier und Veronika ein Erdbeerbier bestellt. Damit stießen die beiden auf den schönen Abend an.

Das Gespräch entwickelte sich zunächst zögerlich. Es war wie ein vorsichtiges Abtasten. Jeder stellte recht allgemeine Fragen nach den Hobbies und Lieblingsfreizeitgestaltungen, die der andere bereitwillig beantwortete. Nachdem Veronika von ihren wenigen, aber engen Freunden erzählt hatte, mit denen sie seit Jahren innige und intensive Beziehungen führte, berichtete Robert von seinem sozialen Umfeld. Er hatte scheinbar viele Bekannte, mit denen er sich umgab, aber von einer engen, lange andauerten und vertrauten Freundschaft, sagte er nichts. Seine Familie sei, so Robert, sein Mittelpunkt gewesen. Sein Vater und seine Mutter hatten eine zentrale Rolle in seinem Leben gespielt. Die Mutter hatte ihm schon als er noch ein kleiner Junge war gesagt, dass man niemals etwas Intimes außerhalb der Familie besprechen sollte. `Vertraue niemandem, außer deiner Familie´, zitierte er sie. `Freunde kommen und gehen, aber die Familie bleibt. ´

Veronika schaute ihn fragend an. Sie konnte nicht glauben, dass er so eine Einstellung hatte. Er war offenbar ein Einzelgänger. Deswegen hatte er so eine starke und kraftvolle Ausstrahlung, weil er alles mit sich ausmachte und sehr autonom handelte. Er war praktisch das Gegenteil von Martin, der sich immer seinen Freunden anvertraute und dort Ratschläge und Hilfe suchte. Veronika wusste nicht recht, was sie davon halten sollte. Einerseits zog sie diese starke und selbstbewusste Art Roberts an, andererseits hatte sie auch Respekt vor ihr.

„Deine Eltern sind beide gestorben?", fragte sie ihn.

„Ja, ich habe dir davon erzählt. Vater starb an dem Schlaganfall und Mutter konnte das nicht verkraften. Sie wollte selbst sterben, um bei ihm zu sein."

„Ja, du sagtest, dass sie sich selbst das Leben nahm. Das ist ja schrecklich!"

„Sie sammelte Schlaftabletten. Sie war depressiv und meist sehr traurig. Ihre Lebensfreude hatte sie verloren."

„Hast du sie gefunden?" Veronika legte ihre Hand auf die seine.

„Die Pflegerin hat sie morgens in ihrem Bett liegend gefunden. Sie alarmierte sofort die Polizei und den Krankenwagen. Es war einfach nur furchtbar."

Veronika empfand tiefes Mitgefühl für ihn. Sein Lebensmittelpunkt, so wie er gesagt hatte, existierte nicht mehr. Wem wollte er sich nun anvertrauen?

„Hast du Geschwister?", fragte Veronika.

„Nein, ich bin ein Einzelkind.", erwiderte er.

Also stand er nun ganz alleine da, dachte Veronika. Vielleicht suchte er deswegen eine Partnerin? Eine Frau, die mit ihm zusammenleben wollte?

Mitfühlend sagte sie, dass sie wüsste, wie man sich als Waise fühlt. Sie war damals noch jung, als ihre Eltern gestorben waren. Das Leben würde sich verändern. Der

Verlust, das Gefühl der Einsamkeit, würde nie ganz weggehen, aber trotzdem würde das Leben weitergehen und man würde neue Kraft schöpfen und eine eigene, neue und selbstgewählte Familie finden. Sie lächelte ihn liebevoll an.

Dann veränderte sich ihr Blick, denn sie dachte an Martin, mit dem sie ihr Leben geteilt hatte. Viele Jahre lang war er ihre Familie, ihr Halt gewesen. Es machte sie für einen kurzen Moment traurig, dass ihre Ehe gescheitert war.

Robert sah Veronikas nachdenklichen Blick. Er fragte: „Woran denkst du?"

„Ich dachte an meinen Mann. Und dass sich ein Kapitel in meinem Leben schließt, sobald wir geschieden sind."

„Es tut mir leid, dass die Ehe nicht gehalten hat. Es ist bestimmt schwierig sich das einzugestehen."

„Ja, das ist es. Wenn wir uns sehen und uns miteinander unterhalten, ist es wie früher. Doch das Gefühl ist nicht mehr da. Es fehlt etwas, etwas ganz Entscheidendes. Gestern waren wir uns so nahe, doch ich wusste, dass ich nicht mehr zu ihm gehöre."

„Seht ihr euch denn regelmäßig?", wollte Robert wissen.

„In den letzten Tagen und Wochen haben wir uns oft gesehen, ja."

Robert dachte nach. Eine Pause entstand. Dann sagte Veronika: „Aber nicht, dass du denkst, da würde sich wieder etwas entwickeln. Ich bin ganz frei und offen für das, was kommen mag."

Er lächelte sie an, nahm ihre Hand und sagte: „Das spüre ich."

Als Veronika am späten Abend in ihrem Bett lag, und an den Abend mit Robert dachte, hatte sie ein warmes Gefühl. Er hofierte sie und er wertschätzte sie. Sie fühlte sich in seiner Gegenwart gehalten und sicher. Wie ein Gentleman hatte er das Menü bezahlt und sie nach Hause gefahren. Bevor sie ausgestiegen war, hatte er ihr einen zärtlichen Kuss auf die Wange gegeben. Mehr hatte nicht stattgefunden. Er ließ es vorsichtig und langsam angehen, was ihr sehr gefiel. Sie schloss die Augen und schlief ein.

11

In der Zwischenzeit wurde Pamelas Leiche von der Polizei freigegeben und Frau Rolsheim konnte die Beerdigung organisieren. Diese sollte auf dem Hauptfriedhof stattfinden. Die Traueranzeige war bereits in der Zeitung erschienen. Es sollte nur eine kleine, stille Trauerfeier werden. Martin und Veronika waren dazu eingeladen.

Wider Erwarten kamen sehr viele Menschen, um von Pamela Abschied zu nehmen. Ihre Familie und ihre engeren Freunde nahmen in der Aussegnungshalle Platz. Alle anderen standen vor der Halle. Die Trauerfeier wurde schlicht abgehalten. Es wurden Kirchenlieder gesungen, die von einem Harmonium begleitet wurden. Der Pfarrer hielt eine bewegende Predigt und erinnerte sich zusammen mit der Gemeinde an die verschiedenen Stationen aus Pamelas Leben. Nachdem die Gebete, das Evangelium und die Fürbitten gesprochen wurden, prozessierte die Trauergemeinde zur Grabstelle. Nach der Segnung wurde der Sarg hinabgelassen. Frau Rolsheim durfte als erste von Pamela Abschied nehmen, indem sie Blütenblätter und eine Schaufel Erde auf den Sarg streute. Es wurde eine Schlange gebildet. Jeder, der wollte, durfte nun ebenso persönlich von Pamela Abschied nehmen und der Mutter kondolieren. Martin und Veronika standen an der Seite. Sie beobachten die Zeremonie aus der Distanz und waren beeindruckt von der Vielzahl an Menschen, die um Pamela trauerten. Pamela hatte etwas bewegt in ihrem Leben und Spuren hinterlassen, dachte Martin.

Nachdem die meisten Trauernden gegangen waren, fiel Veronika ein Mann auf, der Abseits stand. Er hatte einen Bund Rosen in der Hand und weinte bitterlich. Er ging nicht wie die anderen zu Pamelas Grab. Vielleicht wollte er damit warten, bis alle fort waren? Veronika machte Martin auf ihn aufmerksam. Beide beobachteten ihn. Dessen Aufmerksamkeit schien ganz auf das Grab gerichtet zu sein.

Der letzte Trauernde kondolierte Frau Rolsheim. Anschließend bekreuzigte sie sich und verließ gebeugt das Grab. Ein kleiner Leichenschmaus sollte bei ihr zu Hause stattfinden. Dazu waren nur wenige Familienmitglieder und enge Freunde eingeladen.

Martin und Veronika beobachteten weiter den Mann. Dieser wartete, bis alle anderen verschwunden waren. Dann ging er langsam zum Grab. Er stand still und regungslos da. Nach einigen Minuten der Andacht warf er die Blumen hinunter, wischte sich die Tränen aus dem Gesicht und wandte sich ab. Er lief in Richtung Haupteingang. Martin und Veronika gingen ihm nach. An der Pforte sprach Martin ihn an: „Herr Frestler?"

Der Mann blieb stehen und drehte sich um.

„Sind Sie Herr Paul Frestler?", wiederholte Martin seine Frage.

Dieser stutzte: „Wer sind Sie? Woher kennen Sie meinen Namen?"

„Wir haben einen Brief gefunden. Einen Brief, den Sie an Pamela geschrieben haben."

Paul Frestler kniff die Augen zusammen. Abrupt drehte er sich um, überquerte die Straße und lief zu seinem Auto. Martin rannte ihm nach: „Bitte, so warten Sie doch! Wir wollen uns doch nur mit Ihnen unterhalten!"

Paul Frestler blieb stehen und wandte sich Martin zu: „Was zwischen Pamela und mir gewesen ist, das geht Sie überhaupt nichts an! Was wissen Sie schon!" Dann ließ er Martin stehen, stieg ein und startete den Wagen.

Veronika war inzwischen dazu gekommen. Als das Auto weggefahren war, wollte sie wissen, wie Martin darauf gekommen war, dass es sich um Paul Frestler handeln musste? Er schaute sie an und sagte: „Er hat Pamela scheinbar maßlos geliebt. Und er war nicht in ihrem näheren Umfeld bekannt. Er stand allein. Ein Mann aus ihrer Vergangenheit, der immer noch an ihr hing. Ich hätte mich auch irren können, aber es lag nahe."

Veronika nickte: „Und was hat sein Verhalten zu bedeuten?"

„Ich weiß es nicht. Vielleicht ist er nur in Trauer oder zu sehr verletzt und möchte nicht darüber sprechen.

Vielleicht aber hält er etwas zurück? Wir müssen in jedem Fall nochmal mit ihm sprechen. Auf dem Briefumschlag stand seine Adresse?"

Veronika bejahte.

„Gut, wir müssen dranbleiben."

Dann liefen beide zu Martins Wagen. Bevor sie losfuhren, fragte Veronika, wie es nun weitergehen sollte. Martin meinte, dass sie dieser Nachricht `Du bist schuld´ auf den Grund gehen sollten. Wer hatte sie geschrieben? Vielleicht war es Paul Frestler, der Pamela beschuldigte, an seinem einsamen und sinnlosen Leben schuld zu sein. Wenn man dem Brief Glauben schenkte, dann befand sich der Schreiber in größter seelischer Not. Es war möglich, dass er Pamela dafür richten oder bestrafen wollte, weil sie ihn verlassen hatte. Nachdenklich startete Martin den Wagen. Dann fragte er Veronika nach der Adresse von Bert Riess. Mit ihm war Pamela in einen Autounfall verwickelt gewesen. Veronika hatte sich die Adresse notiert. Er wohnte in der Luisenstraße 11 in Friedrichstal. Während er in Richtung Friedrichstal fuhr, sollte Veronika im Internet schauen, wo sich die Straße befand. Sie vergrößerte die Karte auf ihrem Handy und wies Martin den Weg.

Das Haus befand sich in einer wenig befahrenen Straße. Es hatte einen schönen gepflegten Vorgarten. Martin und Veronika öffneten ein gusseisernes Tor und liefen zur Eingangstür. Dort drückten sie den Klingelknopf. Bevor die Tür geöffnet wurde, bemerkte Martin eine Nachbarin, die neugierig herüberschaute. Sie war etwa 80 Jahre alt und jätete Unkraut. Als sie merkte, dass sie gesehen wurde, bückte sie sich schnell und zupfte weiter. Die Tür öffnete sich und ein etwa 50 Jahre alter, ungepflegter Mann mit Dreitagebart, verschwitztem T-Shirt und verschmierter, kurzer Jeans fragte, was sie wollten. Martin sagte ohne Umschweife: „Kennen Sie Pamela Rolsheim?"

„Wieso wollen Sie das wissen?", antwortete er mit einer rauchigen Stimme.

„Sie hatten einen Unfall. Bitte erinnern Sie sich. Ein Reh lief über die Fahrbahn und Pamela musste bremsen. Sie fuhren auf…"

„Das geht Sie gar nichts an. Das ist Vergangenheit! Wieso fragen Sie danach?" Er bekam rot unterlaufene Augen und sein Atem wurde schneller. „Machen Sie, dass Sie fortkommen! Schnell, sonst rufe ich die Polizei wegen Hausfriedensbruch!" Er knallte die Tür vor ihnen zu. Martin und Veronika blieben einen Moment lang stumm stehen. Sie wussten nicht, was sie sagen sollten. Martin war gewillt nochmal zu klingeln, da hielt ihn Veronika ab und deutete auf die Nachbarin. Martin drehte sich um und sah, wie das Mütterchen lächelnd herüberschaute.

„Nehmen Sie es ihm nicht übel", sagte die Frau, „er hat viel durchgemacht, in den letzten Monaten."

Sie winkte Martin und Veronika zu sich. Sie sollten außerhalb des Sichtfeldes von Bert Riess zu ihr hinüberkommen.

„Ich habe ein bisschen zugehört", lächelte die Alte, „der Unfall hat sein ganzes Leben verändert, müssen Sie wissen. Ihre Pamela trifft keine Schuld."

„In wiefern?", fragte Veronika.

„Nun, Herr Riess und seine Frau Beate, eine wunderbare Frau, fuhren an dem besagten Tag gemeinsam in dem Wagen. Sie waren gerade auf dem Nachhauseweg von einem Ausflug in der Pfalz. Kurz vor Friedrichstal verursachte er den Unfall, indem er auf Pamelas Auto auffuhr. Es war seine alleinige Schuld, denn er wahrte nicht genug Abstand. Das Auto überschlug sich. Während er nur mit leichten Verletzungen den Unfall überstanden hatte, erlitt seine Frau schwerste Verletzungen an der Wirbelsäule und im Kopfbereich. Sie wurde mehrfach operiert. Sie kämpfte wochenlang hart ums Überleben. Vor zwei Monaten erlag sie dann doch ihren Verletzungen. Herr Riess war am Boden zerstört, müssen Sie wissen. Die Gewissheit, am Tod seiner Frau die Hauptschuld zu tragen, erdrückte ihn. Er ist seitdem nicht mehr arbeiten gegangen. Er geht kaum mehr aus dem Haus und igelt sich völlig ein. Der Arme ist nur noch ein Schatten seiner selbst."

„Ich verstehe!", sagte Martin nachdenklich. Er schaute bedeutungsvoll zu Veronika hinüber. Hatten sie eben eine wichtige Entdeckung gemacht? Wenn Bert Riess nicht ertragen konnte, dass er die Schuld am Tod seiner Frau trug, vielleicht machte er Pamela dafür verantwortlich? Wäre sie nicht da gewesen, dann wäre der Unfall nicht geschehen.

Dann öffnete sich Bert Riess´ Haustür. Er kam heraus. Als er zu seinem Auto laufen wollte, entdeckte er, dass Martin und Veronika noch in seinem Garten standen. Die Nachbarin duckte sich unauffällig und war nicht mehr zu sehen.

„Wieso sind Sie immer noch da? Ich sagte doch, dass sie verschwinden sollen!"

„Herr Riess, bitte entschuldigen Sie, wir wollen Ihnen nichts Böses! Bitte beantworten Sie mir eine Frage: Hatten sie nach dem Unfall noch Kontakt zu Pamela Rolsheim?"

Bert Riess schaute Martin entgeistert an: „Nein, das hatte ich nicht!"

„Dann haben Sie auch nicht die Nachricht geschrieben: ´Du bist schuld´?"

Bert Riess grunzte abfällig. „Ich habe nichts geschrieben! Ich bin ein gebrochener Mann! Ich habe alles verloren und Pamela Rolsheim hat ihre gerechte Strafe bekommen!" Er lief zu seinem Auto und fuhr davon.

Veronika seufzte. Sie glaubte ihm. Bert Riess hatte viel durchgemacht. Martin sagte nichts darauf. Das Mütterchen sah verschmitzt zu ihnen herüber, winkte kurz und verschwand mit ihrem Unkraut in der Hand.

12

Hauptkommissar Frank fuhr mit seinem Kollegen Kommissar Tebald in die Weststadt. Es hatte sich ein weiterer Mord ereignet, der auf ähnliche Weise, wie der an Pamela Rolsheim verübt wurde. Eine junge Frau wurde in der Nacht erwürgt. Der Täter war aus der Wohnung geflohen. Eine Freundin hatte die Leiche entdeckt und sofort die Polizei alarmiert.

„Hier ist es, Sophienstraße 135", sagte Kommissar Tebald.

Beide stiegen aus. Einige Polizeiwagen standen schon vor dem Haus. Hauptkommissar Frank hasste seinen Beruf! Gerade, wenn junge Menschen einer Gewalttat zum Opfer fielen. Sie stiegen in den zweiten Stock hinauf. Die Tür war offen. Die Spurensicherung war bereits bei der Arbeit.

„Haben wir einen Namen?", fragte Hauptkommissar Frank eine Beamtin.

„Alina Pum", antwortete die Kollegin. „Sie war 36 Jahre alt. Von Beruf war sie Erzieherin. Offenbar hatte sie gestern Abend ein Date. In ihrem Kalender steht folgender Eintrag: `Abendessen mit Nils´. Wir wissen leider nicht, um welchen Nils es sich handelt. Den Nachnamen haben wir nirgends gefunden. Es scheint so, als ob sie mit KO-Tropfen betäubt und anschließend erwürgt wurde. Die Tropfen wurden in einem Getränk verabreicht. Das Glas haben wir sichergestellt. Der Täter muss in der Nacht noch geflüchtet sein. Die Tür war nicht abgeschlossen.

Für Hauptkommissar Frank sah es auf den ersten Blick zu offensichtlich aus, dass der Mann, mit dem sie zu Abend gegessen hatte, auch der Mörder gewesen sein sollte. Es wäre von diesem Nils doch sehr ungeschickt gewesen, wenn er den Kalender mit seinem Namen hätte liegen lassen. Er an seiner Stelle hätte versucht, alle Spuren zu vernichten. Es sei denn, der Mord wurde im

Affekt ausgeübt, und dieser Nils flüchtete Hals über Kopf aus der Wohnung. „Gibt es Spuren von einem Kampf oder von Gewalt?"

Die Beamtin verneinte. Bis zum jetzigen Stand konnte man nicht davon ausgehen. Hauptkommissar Frank dachte weiter. Es passte auch nicht zu einem affektiven Mord, dass das Opfer zuerst betäubt wurde. Der Mord musste geplant worden sein. Er fragte: „Wäre es möglich gewesen, dass Alina das Date mit diesem Nils hatte, er aber im Laufe des Abends ging und ein anderer die Tat begangen haben könnte?"

„Haben Sie jemanden im Sinn?"

„Es ist nur ein Gedanke."

„Es könnte sein, denn der Kalender ist voll mit Verabredungen mit Männern."

„Ach ja?" Hauptkommissar Frank dachte nach. „KO-Tropfen", wiederholte er für sich. „Ich möchte gerne mit der Freundin sprechen, die die Leiche gefunden hat."

„Wird veranlasst", die Beamtin verließ den Raum. Hauptkommissar Frank stand nachdenklich im Wohnzimmer der Wohnung. „Vielleicht hatte sie dem wahren Mörder die Tür geöffnet", sprach er mit sich selbst. „Am späten Abend, als sie schon allein war. Vielleicht hatten sie etwas getrunken und dabei konnte er sie betäubt haben. Natürlich müsste die Polizei davon ausgehen, dass dieser Nils der Schuldige ist."

Die Tür öffnete sich und die Freundin wurde hereingeführt. Vollkommen aufgelöst stand sie vor Hauptkommissar Frank.

„Frau Meusel", stellte die Beamtin die junge Frau vor.

„Bitte setzen Sie sich, Frau Meusel", sagte Hauptkommissar Frank. Die Beamtin verließ den Raum. Die junge Frau nahm auf der Couch Platz. Er setzte sich ihr gegenüber.

„Frau Pum hatte also ein Date am Abend?"

Frau Meusel nickte. „Sie hatte öfter Dates. Sie war Single und auf der Suche nach einem Partner. Sie wollte unbedingt einen Partner finden."

„Ich verstehe. Und hatte sie Ihnen etwas von diesem Nils erzählt?"

„Ich weiß nichts über ihn. Es waren nur Namen. Immer wieder andere. Sehen Sie: Ich sagte ihr, dass ich nur noch Geschichten über ihre Männer hören wollte, wenn sich etwas Ernsteres daraus entwickeln sollte. Ich verlor langsam schon den Überblick."

„Erinnern Sie sich auch noch an andere Namen? Hatte sie jemals etwas von einem Martin erzählt?"

Frau Meusel dachte angestrengt nach. Dann zog sie die Brauen hoch, als ob sie sich an etwas erinnerte. „Ja, von einem Martin war auch die Rede. Den wollte sie treffen oder hatte ihn schon getroffen. Ich weiß es leider nicht mehr. Schauen Sie doch in ihren Kalender. Ihre Verabredungen hatte sie meist dort hineingeschrieben."

„Wo lernte Frau Pum ihre Männer in der Regel kennen?"

„Hm, ganz unterschiedlich. Die meisten lernte sie kennen, wenn sie abends etwas trinken ging. Auf eine Singlebörse im Internet hatte sie keine Lust."

„Es gibt also keinen Schriftverkehr zwischen ihr und einem ihrer Männer?"

„Nein, solch einen Austausch gab es in der Regel nicht."

„Wann haben Sie die Leiche entdeckt?"

Frau Meusel sagte mit erstickter Stimme: „Heute morgen um 10 Uhr. Wir waren zum Frühstück verabredet. Da sie nicht aufmachte, schloss ich selbst auf. Ich habe einen Schlüssel zu der Wohnung."

„War Ihnen eine Veränderung in der Wohnung aufgefallen? Irgendetwas das fehlte oder anders war als vorher?"

„Nein, nicht, dass ich wüsste. Alles war normal. Nur Alina ..." Die Stimme brach ab.

„Vielen Dank, sie haben mir sehr geholfen!",
Hauptkommissar Frank bedankte sich warmherzig bei
Frau Meusel. Er erhob sich und führte sie zur
Wohnungstür. „Bitte halten Sie sich bereit, falls wir
noch Fragen haben sollten."

Frau Meusel nickte und stieg die Treppen hinunter.

Hauptkommissar Frank winkte Kommissar Tebald zu
sich und meinte, dass er nun einen wichtigen Besuch
abstatten müsse. Kommissar Tebald solle alleine hier am
Tatort nach Spuren suchen und die Anwohner befragen.
Hauptkommissar Frank verließ das Haus und stieg in
seinen Dienstwagen. Er fuhr nach Bruchsal. Wenige
Minuten später klingelte er bei Martin an der Tür. Martin
öffnete. Dieser war sehr überrascht und bat ihn herein.
Hauptkommissar Frank eröffnete das Gespräch mit der
Frage, wo Martin am gestrigen Abend gewesen sei. Der
antwortete, dass er zu Hause war, allein, und keine
Zeugen dafür hatte. Hauptkommissar Franks Gesicht
verdunkelte sich: „Gestern Abend ist ein weiterer
Frauenmord geschehen. Es zeigen sich Parallelen zu
dem Mord an Pamela Rolsheim. Das Opfer von gestern
hatte sich mit einer Vielzahl an Männern getroffen.
Unter anderem datete sie sich auch mit einem Martin.
Nun sagen Sie mir: Kennen Sie eine Frau Alina Pum?
Und haben Sie sich mit ihr getroffen?"

Martin dachte nach. Dann schüttelte er den Kopf und verneinte Hauptkommissar Franks Frage.

„Wir werden die Fingerabdrücke in der Wohnung untersuchen. Ich hoffe, dass wir keine von Ihnen finden werden."

Martin schluckte. Aber er war sich keiner Schuld bewusst. Er war nicht in der Wohnung gewesen.

„Herr Fennberg, ich hoffe nicht, dass ich letztendlich doch noch mein Bild über Sie revidieren muss. Dank Ihrer Frau war ich fest davon überzeugt, dass Sie nicht der Mörder von Pamela Rolsheim sind. Ich glaubte an einen Unbekannten, der sich durch den gestohlenen Schlüssel Zutritt verschafft haben könnte. Ich hoffe, ich habe mich nicht in Ihnen getäuscht. Das würde mir sehr leidtun. Einen schönen Tag." Er wollte gerade die Wohnung verlassen, als Martin ihn zurückhielt: „Bitte suchen Sie nach Parallelen. Vielleicht gibt es außer meinem Namen noch weitere Namen, die in beiden Fällen eine Rolle gespielt haben könnten. Wenn die Fälle zusammenhängen, dann muss es ein Indiz dafür geben."

Hauptkommissar Frank schaute Martin durchdringend an: „Wir werden es untersuchen. Gegebenenfalls werden wir uns bei Ihnen melden. Halten Sie sich bereit."

Martin nickte und versprach, für alle Fragen bereit zu stehen.

Am späten Nachmittag saß Veronika bei Martin am Esszimmertisch. Sie konnte es nicht fassen, dass sich auch noch ein zweiter Mord ereignet hatte und er verdächtigt wurde. Martin meinte nachdenklich, dass die beiden Morde in irgendeiner Art und Weise zusammenhängen mussten. Nicht umsonst wurde sein Name mit ins Spiel gebracht. Aber er sah keine Verbindung. Warum mussten die beiden Frauen sterben? Was war das Motiv? Wieder kam ihm die Nachricht: `Du bist schuld´ in den Sinn. Auch sie musste etwas zu bedeuten haben. Es gab noch so viele offene und ungeklärte Fragen. Auch die Befragungen, die sie beide zusammen durchgeführt hatten, waren nicht wirklich zufriedenstellend gewesen. Martin schüttelte den Kopf. Was sollten sie nun tun?

Veronika schlug vor, nochmal zurück zum Anfang zu gehen. Vielleicht sollten sie nochmals mit denjenigen sprechen, die scheinbar etwas zurückgehalten hatten. Da war Paul Frestler, der sie auf dem Friedhof stehen gelassen hatte. Ebenso Herr Zimser, der ihnen die Tür vor der Nase zugeschlagen hatte und Frau Dina Muster, die Pamela offensichtlich nicht leiden konnte. Ihrer

Meinung nach verheimlichten sie etwas. Jedenfalls verhielten sie sich auffällig.

Martin nickte. Was war mit Bert Riess, dessen Frau vor einigen Wochen ihren Verletzungen erlag? Es waren zu viele Möglichkeiten und Martin hatte noch keine Klarheit, keine Struktur, kein Muster in seinem Kopf.

Sie legten sich einen Plan zurecht. Nacheinander wollten Sie nochmals zu den Besagten gehen und tiefer nachhaken. Sie erhofften sich dadurch mehr Informationen. Positiv gestimmt standen sie auf und machten sich auf den Weg.

Martin betätigte den Klingelknopf. Frau Dina Muster öffnete die Tür. Wieder hatte sie eine Zigarette im Mund. Ihr Gesichtsausdruck zeigte deutlich ihre Missstimmung. Arme Frau Brunsbüttel, dachte sich Veronika.

„Ja, was sie wollen?"

„Wir würden gerne nochmals mit ihnen über Frau Pamela Rolsheim sprechen."

„Kein Interesse!"

Sie wollte gerade die Tür schließen, als Martin seinen Fuß dazwischen stellte. Frau Muster machte ihrer

Empörung lautstark Luft. Unverschämt empfand sie Martins Verhalten. Dieser bat in ruhigem Ton: „Es wird nicht lange dauern. Bitte, nur ein paar Fragen."

Frau Muster dachte nach. Dann verschränkte sie ihre Arme und hob den Kopf. „Los, dann Sie fragen!"

„Kannten Sie Pamela Rolsheim auch privat?"

Frau Muster zögerte. Dann sagte sie widerwillig: „Am Anfang, da hat sie uns alle zu sich nach Hause eingeladen. Wollte sich einschleimen. Ich da noch nicht gewusst habe, was für ein Mensch sie ist. Mochte sie eigentlich ganz gerne. Später zeigte sie ihr wahres Gesicht. Sie hat dafür gesorgt, dass mich keiner will als Pflegerin haben. Ich habe fast meinen Job verloren! Die Leute wollten nur noch sie. Ich weiß nicht, warum sie sind hier und stellen diese Fragen über Pamela. Aber ich bin froh, dass sie ist tot. Ehrlich, das ist kein Verlust."

Martin schaute ihr lange in die Augen, bevor er sagte: „Sagt Ihnen der Name Alina Pum etwas?"

Frau Muster blickte nachdenklich drein. Sie verneinte. Den Namen hatte sie noch nie gehört.

„Vielen Dank, ich habe keine weiteren Fragen mehr. Wenn Sie so freundlich sind und uns bei Frau Brunsbüttel anmelden?"

Frau Muster grunzte kurz und ließ die beiden ins Haus. Wie auch beim letzten Mal thronte Frau Brunsbüttel in ihrem Sessel. „Ach, Sie sind nochmals gekommen, wie nett! Wollen Sie noch mehr Details für ihr Buch, das Sie schreiben, wissen? Setzen Sie sich. Ich werde ihnen alle Fragen beantworten."

Martin und Veronika setzten sich. Martin sagte: „Das Schreiben des Buches geht voran. Vielen Dank für Ihre Offenheit und Hilfe. Bitte sagen Sie uns, welches Verhältnis hatte Pamela zu den anderen Frauen, die sie pflegte? Erzählte Pamela etwas über sie?"

Frau Brunsbüttel dachte nach. „Sie erzählte nicht viel. Generell fand sie ihre Arbeit sehr befriedigend, wie ich mich erinnere. Ihr machte es Spaß, uns alle zu pflegen. Sehr traurig fand sie, dass Frau Somsherr und Frau Zimser verstarben. Beide vollkommen unerwartet. Das war für Sie ein Schock. Sie mochte sie so gerne." Dann verstummte Frau Brunsbüttel. Mehr wusste sie nicht zu sagen.

Martin lächelte sie an. Er erhob sich und bedankte sich bei ihr für ihre Informationen. Frau Brunsbüttel war überrascht, wie kurz das Gespräch dauerte. Dennoch bedankte sie sich für den Besuch und verabschiedete beide. Gedankenvoll blieb Frau Brunsbüttel in ihrem Sessel sitzen.

Vor der Tür fragte Veronika, was sie durch den Besuch erfahren hatten. Ihr war nicht klar, warum Martin nicht noch weitergefragt hatte. Dieser wandte sich ihr zu und sagte: „Ich habe etwas Entscheidendes erfahren. Frau Dina Muster war schon einmal bei Pamela zu Hause. Und sie hatte ein Motiv." Über das Gespräch mit Frau Brunsbüttel schwieg er sich aus. Dann sah er auf ihre Liste, die beide zuvor erstellt hatten, hakte Frau Muster und Frau Brunsbüttel ab und sagte: „Wir fahren als nächstes zu Herrn Paul Frestler."

Dieser wohnte in einem größeren Wohnblock in der Oststadt. Als sich die Tür öffnete, sahen Martin und Veronika in ein erschrockenes Gesicht. Martin bat ihn, für einen Moment hineinkommen zu dürfen. Paul Frestler ließ sie resigniert und widerwillig hinein.

Die Wohnung war sehr klein und beengt. Die Einrichtung war einfach und schlicht. Er führte sie ins Wohnzimmer. Als Martin und Veronika an einer offenen Tür vorbeikamen, die offensichtlich ins Schlafzimmer führte, sah Martin dort ein großes Bild von Pamela an der Wand hängen. Er hob die Brauen. Paul Frestler schien scheinbar von Pamela besessen zu sein.

Als sie sich im Wohnzimmer auf die unbequeme Couch niedergelassen hatten, sagte Martin: „Haben Sie vielen Dank, dass Sie bereit sind, sich mit uns zu unterhalten.

Leider war unser erstes Treffen auf dem Friedhof nicht befriedigend. Wir scheinen sie erschreckt oder bedrängt zu haben. Jedenfalls finden wir es toll, dass sie uns nun für ein Gespräch zur Verfügung stehen."

Paul Frestler rutschte unruhig hin und her. Er fühlte sich sichtbar unwohl. „Was wollen Sie wissen?"

Martin schaute Veronika an. Diese begann: „Sehen Sie, Herr Frestler, wir haben einen Brief gefunden. In diesem Brief haben Sie Ihre Gefühle für Pamela eindrücklich beschrieben. Sie haben auch geschildert, dass ihr jetziges Leben ohne Pamela trist und wertlos ist. Er war sehr emotional geschrieben. Wir fühlen mit Ihnen."

Paul Frestler fing abrupt zu weinen an. Er hatte seine Gefühle nicht unter Kontrolle. „Was wissen Sie schon von aufrichtiger Liebe! Ich habe Pamela geliebt. Wirklich geliebt und verstanden. Ich hätte alles für sie gemacht. Es waren wunderschöne zwei Wochen, die wir gemeinsam hatten. Dann ließ sie mich fallen. Sie sagte, ich sei krank. Sie sah mich ganz anders, als ich wirklich war. Ich war im Stande, ihr den Himmel auf Erden zu bereiten und sie hat mich einfach verlassen. Ich habe ihr geschrieben und sie angerufen. Ich bin ihr nachgegangen und wollte einfach nur in ihrer Nähe sein. Da schrie sie mich eines Tages an und drohte mit der Polizei, wenn ich nicht damit aufhörte."

„Und haben Sie damit aufgehört?"

Paul Frestler blickte traurig drein: „Ja, wenn man jemanden wirklich liebt, dann muss man seine Entscheidung respektieren. Ich hörte auf. Aber ich habe nie aufgehört, sie zu lieben."

„Wie haben Sie von ihrem Tod erfahren?"

„Ich habe es in der Zeitung gelesen. Es brach mir das Herz." Wieder weinte er.

„Haben Sie jemals den Namen Alina Pum gehört?"

Herr Frestler blickte auf und rieb sich die Augen. Er verneinte. Der Name war ihm nicht geläufig. Martin und Veronika schauten sich an. Sie waren sich einig, dass es genug sei. Sie wollten Herrn Frestler nicht weiter damit belasten, Fragen über Pamela beantworten zu müssen. Martin war zufrieden. Er hatte genau das erfahren, was er sich erhofft hatte.

Als nächstes wollten Martin und Veronika nochmals Herrn und Frau Zimser aufsuchen. Herr Zimser war sehr dominant und unfreundlich gewesen. Die Geschichte mit dem Zeitschriften-Abo hatte er natürlich sofort durchschaut. Über diese Lüge war er sehr erbost gewesen. Herr Zimser spürte, dass sie ihn wegen der Mutter aushorchen wollten. Martins Meinung nach sollten sie sich eher an Frau Zimser halten. Sie schien weitaus zutraulicher und offener zu sein.

Sie drückten mit gemischten Gefühlen den Klingelknopf. Niemand öffnete die Tür. Dann gingen Martin und Veronika um den Wohnblock herum. Die Wohnung befand sich im Parterre und sie hofften, jemanden im Garten anzutreffen. In der Tat kniete Frau Zimser auf der Erde. Sie zupfte Unkraut, das zwischen den Platten ihrer Terrasse gewachsen war. Als sie Martin und Veronika kommen sah, stand sie auf und ging schnell zur Terrassentür. Noch bevor sie in der Wohnung verschwinden konnte, sprach Martin sie an: „Bitte, Frau Zimser, warten Sie! Wir möchten uns nur mit Ihnen unterhalten!"

Frau Zimser zögerte. Dann drehte sie sich um und kam an das Gartentor. „Bitte, gehen Sie, mein Mann kann jeden Augenblick nach Hause kommen. Er war sehr erbost über Ihren Besuch."

„Wir wollen nur wissen, was für ein Verhältnis Sie und Ihr Mann zu Pamela Rolsheim hatten."

Frau Zimser schluckte und blickte in den Himmel. „Was soll ich Ihnen sagen", begann sie. „Pamela Rolsheim war vielleicht eine nette Frau. Und sie mochte ihren Beruf auch geliebt haben. Aber man hätte ihr nie andere Menschen anvertrauen dürfen."

„In wiefern?"

Frau Zimser kam dichter an die beiden heran. Mit gedämpfter Stimme sprach sie: „Unsere Mutter starb offiziell an Kreislaufversagen. Wir behaupten aber, dass dies nicht die richtige Diagnose war. Sie starb an Vernachlässigung. Sie wurde von Pamela nicht richtig gepflegt. Sehen Sie, wir vertrauten ihr. Wir gaben das Leben unserer Mutter in ihre Hände. Doch wir haben uns sehr getäuscht. Wir hörten, dass auch eine zweite Frau kürzlich verstorben war. Diese Frau wurde ebenso von Pamela gepflegt. Sie war ein Todesengel, müssen Sie wissen! Vielleicht versprach sie sich ein Erbe oder sonst etwas. Wir wissen es nicht und wir können es nicht beweisen. Aber wir sind sicher, dass Pamela Rolsheim schuld am Tod dieser zwei Frauen war!"

Veronika schaute Martin ungläubig an.

„Wir waren froh, als wir in der Zeitung von ihrem Tod gelesen hatten. So hat sie ihre gerechte Strafe bekommen."

Herr Zimser war in der Zwischenzeit nach Hause gekommen und auf die Terrasse gelaufen. Als er Martin und Veronika sah, verdunkelte sich sein Gesicht. Er schrie: „Was machen sie hier? Verschwinden Sie! Ich rufe die Polizei, wenn sie meine Frau nicht augenblicklich in Ruhe lassen! Neugieriges Pack!"

Martin machte eine beschwichtigende Geste. Schnell liefen sie um das Haus herum zu Martins Wagen. Als sie aus der Waldstadt in Richtung Veronikas Wohnung fuhren, löste sich das beklemmende Gefühl, dass ihnen Herr Zimser bereitet hatte. Martin setzte Veronika zu Hause ab und fuhr weiter nach Bruchsal.

Veronika nahm das Telefon in die Hand und wählte Roberts Nummer. Als dieser abnahm, lächelte Veronika liebevoll. Sie begrüßte ihn und sagte, dass es keinen besonderen Grund gäbe, ihn anzurufen. Sie wollte nur seine Stimme hören. Robert war sehr erfreut darüber. Seine anfangs geschäftige Stimme änderte sich und wurde intim und weich. Er erzählte von einer anstrengenden Zeit in der Kanzlei. Sie hatten alle Hände voll zu tun. Diese kurze Pause am Telefon würde ihm guttun. Auch Veronika berichtete von einer emotional anstrengenden Zeit. Dabei hielt sie sich an allgemeine Begebenheiten. Sie erzählte keine Details über die Morde, geschweige denn darüber, dass sie ermittelte. Fast schon bittend fragte sie, wann sie sich denn wiedersehen könnten. Robert schlug ihr vor, in zwei Tagen zusammen etwas essen zu gehen. Veronika freute sich. Er würde nach der Arbeit zu ihr kommen und sie abholen. Er bedankte sich für ihren Anruf und legte auf. Veronika saß auf dem Küchenstuhl und verlor sich in

Tagträumen. Sie hoffte so sehr, dass sich etwas Ernstes daraus ergeben würde.

13

Martin war gerade am Frühstücken, als das Telefon läutete. Er legte die Zeitung beiseite und nahm ab. Es war Hauptkommissar Frank. Dieser bat Martin umgehend in die Justizvollzugsanstalt nach Karlsruhe zu kommen. Es ging um eine Gegenüberstellung. Martin sagte, dass er sich gleich auf den Weg machen werde.

Etwa 45 Minuten später wurde Martin von einem Polizeibeamten in ein Zimmer geführt. Er setzte sich auf einen Stuhl und wartete. Wenige Minuten später kam Hauptkommissar Frank herein. Er bedankte sich für Martins zügiges Kommen.

„Wir haben Ihren Rat befolgt und alle schriftlichen Unterlagen überprüft. Sie hatten Recht. Es gibt eine vage Verbindung zwischen den beiden Morden. Frau Alina Pum hatte am besagten Tag ein Date mit einem gewissen Nils. Auch Pamela Rolsheim hatte ein Date mit einem Nils. In ihrem Kalender fanden wir den vollständigen Namen: Nils Fristur. Wir machten diesen Nils ausfindig. Tatsächlich bestreitet er es nicht, mit beiden verabredet gewesen zu sein. Nun komme ich zu ihrer Aufgabe, Herr Fennberg. In der Nacht des Mordes an Pamela könnte sich dieser Nils Zutritt zu deren Wohnung verschafft haben. Er könnte Pamela betäubt und erwürgt haben. Nun, Sie sagen, dass Sie sich an nichts erinnern können. Vielleicht kommt Ihr Erinnerungsvermögen wieder zurück, wenn wir Ihnen diesen Nils gegenüberstellen? Vielleicht erkennen Sie ihn? Das wäre ein Beweis für seine Schuld. Sie würde es entlasten."

Martin nickte. Er war einverstanden mit der Gegenüberstellung. Hauptkommissar Frank führte ihn in einen Raum, der ein großes Glasfenster hatte. Durch das Fenster war ein weiterer Raum zu sehen.

„Es ist ein Spiegel. Wer sich im anderen Raum befindet, sieht nur sein Spiegelbild. Er kann uns nicht sehen. Wir hingegen können ihn beobachten. Er nickte einem Beamten zu. Dieser verschwand. Wenige Augenblicke später öffnete sich die Tür im gegenüberliegenden Raum und ein Mann wurde hineingeführt.

„Schauen Sie genau hin. Haben Sie diesen Mann schon einmal gesehen?"

Martin sah einen Mann, der sich unsicher umblickte. Der Mann ahnte, dass hinter der Scheibe jemand war, aber er konnte nichts sehen. Der Mann hatte einen ängstlichen und unberechenbaren Blick und er spielte nervös mit seinen Fingern. Martin kniff die Augen zusammen. Irgendwie kam ihm der Mann bekannt vor. Sollte es so sein, wie der Hauptkommissar gesagt hatte? Sollte er ihn im Unterbewusstsein in Pamelas Wohnung wahrgenommen haben? Er überlegte. Irgendwo hatte er sein Gesicht schon einmal gesehen. Dann fiel es ihm ein. Er hatte ihn tatsächlich schon einmal gesehen. Es war aber nicht in Pamelas Wohnung. Er hatte ihn im griechischen Restaurant gesehen, während ihres Dates. Es war der Mann, der Pamela ein Geschenk geben wollte, das sie auf den Boden warf. Sie war darauf getreten und hatte daraufhin einen harten Gesichtsausdruck bekommen. Es war laut Pamelas Aussage ein Stalker, der ihr schon seit längerem nachstellte. Sie hatte aus Angst vor ihm umgehend das Restaurant verlassen wollen.

Martin erzählte Hauptkommissar Frank alles, an das er sich erinnerte. Dieser bedankte sich bei Martin. Es wäre also möglich gewesen, dass dieser Nils Fristur Pamela nachgestellt und sie zu später Stunde getötet hatte. Dies galt es nun zu beweisen, ebenso, warum Alina Pum sterben musste. Es gab ein Motiv für den Mord an Pamela, jedoch fehlte noch das Motiv für den zweiten Mord. Nicht ganz zufrieden mit der Gesamtsituation, dennoch positiv gestimmt, wollte Hauptkommissar Frank diese Spur verfolgen. Martin sollte seine Aussage zu Protokoll geben. Anschließend durfte er wieder gehen.

Als er mit seinem Auto wieder zurück nach Bruchsal fuhr, dachte Martin über Pamelas Anziehung auf Männer nach. Sie hatte eine starke und einnehmende Ausstrahlung. Fast wäre er ihr auch erlegen. Die Schlagzahl an Männern, die sie traf, ermöglichte es, dass es mehrere Liebhaber gab, die eine Zurückweisung offenbar nicht verkrafteten. Martin dachte an diesen Stalker Nils Fristur und den psychisch labilen Mann Paul Frestler. Beide wurden von ihr zurückgewiesen und verlassen.

Als Martin zu Hause angekommen war, fühlte er sich einsam. Auch fernsehen konnte ihn nicht ablenken. Die Zeit, die er während der Ermittlungen mit Veronika verbracht hatte, war wunderbar. Er musste unentwegt an ihre Nähe denken. Für ihn war es wieder so wie früher, als sie gemeinsam ihren Lebensweg gegangen waren. Rational hatte er längst verstanden, dass ihre Zeit als Paar vorüber war. Es gab Phasen, in denen er gut mit der Situation zurechtkam. Wenn er abgelenkt war, viel arbeitete oder sich mit dem Fall beschäftigte. Aber dann, wenn er alleine und die Wohnung grausam still war, überkam ihn oft das Gefühl der Ohnmacht.

Veronika hatte das Glück, jemanden neues kennengelernt zu haben. Sie fühlte sich frei und konnte sich für ihn begeistern und stille Hoffnungen für die Zukunft hegen. Martin hingegen war in der Vergangenheit verhaftet. Er hasste sich dafür. Wie gerne wäre auch er offen und frei und … glücklich.

Er wollte Veronikas Glück nicht im Wege stehen. Sie mit seinen Gefühlen zu belasten, das wollte er auf keinen Fall. Es würde alles zerstören, was sich zwischen ihnen seit den gemeinsamen Ermittlungen wieder zart entwickelt hatte. Sie sollte ihn als stetigen Begleiter in ihrem Leben wahrnehmen, nicht wie ein Ehemann, sondern wie ein Freund.

Schnell nahm er das Telefon in die Hand und rief Veronika an. Nachdem sie abgenommen hatte, fragte er sie, ob sie nicht am Abend zusammen essen gehen wollten. Er betonte, dass dies eine Einladung aus reiner Freundschaft und nicht ein erneuter Versuch war, sie für ihn zu begeistern. Veronika überlegte kurz. Schließlich willigte sie ein. Sie wollten sich um 20 Uhr am Gutenbergplatz treffen und bei einem Italiener zu Abend essen.

Martin freute sich. Vielleicht konnte er heute einen emotionalen Neuanfang starten, mit dem Ziel, eine Freundschaft mit Veronika aufzubauen.

Pünktlich um 20 Uhr stand er an dem großen Brunnen am Gutenbergplatz. Dies war immer ihr Treffpunkt gewesen, als sie noch ein Paar waren. Viele Menschen waren heute unterwegs. Das Wetter war warm und trocken. Martin beobachtete die Menschen, wie sie mit Freunden oder ihren Familien an den Tischen saßen und miteinander aßen. Veronika verspätete sich um 15 Minuten, die Martin wie eine Ewigkeit vorkamen. Dann setzten sie sich an einen freien Tisch. Nachdem die Getränke und das Essen bestellt waren, sagte Martin, dass er sich sehr freue und stolz war, mit ihr in diesem Fall gemeinsam ermitteln zu können. Nach der Trennung war es ganz und gar undenkbar gewesen, Zeit miteinander zu verbringen. Doch der Umstand, dass Martin des Mordes verdächtigt wurde, hatte sie wieder zusammengeführt. Auf eine neue und ungewohnte Art. Veronika gab zu, dass auch sie die gemeinsame Zeit genoss. Es war ihr sehr vertraut, mit ihm auf Spurensuche zu gehen. Dass sie seine Gefühle nicht mehr erwidern konnte, tat ihr unendlich Leid und machte sie betroffen. Martin unterbrach sie und sagte, dass sie sich bitte keine Gedanken machen solle. Er versuche damit umzugehen und sei auf einem guten Weg. Ab heute wollte er keine Annäherungsversuche mehr unternehmen und ihre Verbindung neu definieren. Er versprach ihr, dass er für sie da sein wolle, als Freund.

Als Zeichen der Freundschaft fragte er sie, ob sie ihm nicht ein bisschen über ihre neue Bekanntschaft zu Robert erzählen wolle? Er würde gerne daran teilhaben und sich mit ihr darüber freuen. Veronika fand es nicht angebracht, mit ihm darüber zu sprechen. Aber Martin bestand darauf. Er wollte ihr beweisen, dass er unvoreingenommen sein konnte und ihr das Glück von ganzem Herzen gönnte.

Vorsichtig begann Veronika die gemeinsame Geschichte von Robert und ihr zu erzählen. Sie berichtete von ihrem ersten Zusammentreffen in der Agentur, dann über das zufällige gemeinsame Mittagessen am Marktplatz und über den romantischen Abend in Gondelsheim. Robert gab ihr das Gefühl eine Frau zu sein, die hofiert und begehrt wurde. Er war ein Gentleman, der sehr autonom agierte und genau wusste, wie er sie zu behandeln hatte. Sie wusste nicht, ob sie verliebt war. Aber sie hatte Sehnsucht nach ihm und seiner Nähe. Morgen nach seiner Arbeit wollten sie sich wieder treffen und miteinander essen gehen.

Martin wollte wissen, ob sie mit ihm jemals über den Fall gesprochen hatte? Veronika verneinte. Sie hatte es bewusst nicht getan. Sie hatte ihm auch keine Details über ihre Ehe und die Zeit der Trennung verraten. Das Kennenlernen sollte frei und unbekümmert sein. Robert bohrte auch nicht nach. Er ließ sie erzählen, was sie von sich aus preisgeben wollte.

Martin konnte sich aus Veronikas Erzählungen ein Bild von Roberts Persönlichkeit machen. Dennoch interessierte es ihn, wie er aussah und fragte, ob sie ein Bild von ihm hätte. Sie verneinte. Sie hatten kein Selfie gemacht oder dergleichen und so eine enge Verbindung waren sie noch nicht eingegangen, dass sie Bilder tauschten. Da fiel ihr ein, dass er eventuell ein Vorschaubild bei WhatsApp hatte. Schnell nahm sie das Handy aus ihrer Handtasche und schaute nach. Tatsächlich hatte Robert ein Foto von sich eingestellt. Ein Bild, das ihn in seiner neuen Wohnung zeigte, wie er lächelnd an einem Fenster stand. Martin musste für einen Moment schlucken. Er sah gut aus. Ein stattlicher, teuer gekleideter Mann. Er bat sie, das Bild zu vergrößern, damit er genauer sein Gesicht sehen konnte. Dann nickte er. Sie hatte einen guten Geschmack. Er gratulierte ihr.

Veronika war stolz auf Martin. Er versuchte wirklich, ihre Beziehung neu zu definieren. Nach dem Essen beschlossen sie, noch ein wenig durch die Weststadt zu schlendern. Hier hatte ihre Beziehung angefangen und hier wollten sie auch ihre neue Freundschaft beginnen.

Martin konnte in dieser Nacht nicht gut einschlafen. Ihm gingen viele Dinge durch den Kopf. Er war nicht zufrieden gewesen mit dem ganzen Fall. Veronika und er hatten unheimlich viele Informationen zusammengetragen, aber irgendwie passten diese nicht so recht zusammen. Die Polizei ging davon aus, dass Nils Fristur der Mörder war. Er könnte möglich sein. Am besagten Abend, als Martin das Date mit Pamela hatte, war er anwesend. Auch mit Alina Pum hatte er ein Rendezvous, gerade an dem Tag, als sie ermordet wurde. Aber wieso sollte er die Frauen getötet haben? War er ein Serienmörder, der aus einer krankhaften sexuellen Lust die Frauen erwürgte?

Er dachte daran, dass alles übereinstimmen musste. Jede Information, die sie erhalten hatten, musste irgendwie ins Ganze passen. Wenn etwas nicht passte, so war es nicht die Wahrheit. Er versuchte sich an alles, jede Kleinigkeit, zu erinnern, die ihm Veronika von Frau Juck und Frau Rolsheim erzählt hatte. Vieles hatte er nicht aus erster Hand erfahren. Möglich, dass der Stille-Post-Effekt die Wahrheit verzerrte.

Dann kam ihm wieder in den Sinn, dass in Pamelas Wohnung am nächsten Morgen etwas nicht gestimmt hatte. Die Flaschen waren es gewesen. Sie hatten in einer anderen Reihenfolge gestanden und die Etiketten hatten nicht in die gleiche Richtung gezeigt. Auch diese Kleinigkeit musste etwas zu bedeuten haben.

Martin stand auf und lief in der Wohnung umher. Dann gab es noch diese Nachricht auf dem Zettel im Briefkasten: `Du bist schuld´. Wer konnte diese Nachricht geschrieben haben und hatte sie überhaupt etwas mit den Morden zu tun? Er schnalzte mit der Zunge.

Als er nochmals über Veronikas Schilderungen nachdachte und sich an das erinnerte, was er selbst erfahren hatte, fiel ihm auf, dass es in einem Punkt eine große Diskrepanz gab. Das, was Frau Juck und Frau Brunsbüttel erzählt hatten und das was Veronika ihm berichtet hatte, stimmte nicht überein. Er starrte ins Leere. Der Umstand war ihm eben erst aufgefallen. Eine Version konnte nicht stimmen. Aber welche? Diese Tatsache musste eine immens wichtige Rolle spielen.

Seine Gedanken kreisten um eine bestimmte Person. Wie eine Spinne versuchte er in Gedanken das Netz zu weben, das diese Person umgab. Da erinnerte er sich schlagartig, dass er diese Person am Mordabend vor dem Griechischen Restaurant gesehen hatte. Seine Augen weiteten sich. Diese Person war da! Dies musste etwas zu bedeuten haben!

Er durchdachte den Fall aus einem bestimmten Blickwinkel und sogleich setzte sich das Bild vollkommen neu zusammen. Wie perfide, sagte er sich. Aber es musste so sein, denn alles fügte sich jetzt, und jeder Umstand und jede Person ergaben einen Sinn.

14

Am nächsten Morgen tätigte Martin einen Telefonanruf. Zufrieden zog er sich an und verließ das Haus. Er fuhr mit dem Auto nach Friedrichstal. Dort angekommen lief er durch das gusseiserne Gartentor zur Eingangstür und klingelte. Die neugierige und redselige Nachbarin war heute nicht da. Es dauerte einen Moment, bis sich die Tür öffnete und Bert Riess im Eingang stand. Er hatte einen Morgenmantel und Hausschuhe an. Unfreundlich fragte er, was Martin bei ihm wolle. Er hätte ihm doch schon das letzte Mal unmissverständlich zu verstehen gegeben, dass er verschwinden und nicht mehr wiederkommen solle. Martin antworte in ruhigem Ton, dass er nicht vorgehabt hatte, je wieder zu ihm zu kommen. Dass aber ein bestimmter Umstand es unabdingbar mache. Bert Riess stutzte. Martin bat hineinkommen zu dürfen. Wenn er ihn nicht hineinließe, würde er mit der Polizei wiederkommen. Bert Riess überlegte kurz. Dann drehte er sich um und sagte, dass Martin ihm folgen solle. Martin schloss die Tür. Die Luft roch abgestanden. Das Haus war unordentlich und schmutzig. Überall lagen Essensreste und leere Verpackungen herum. Bert Riess fegte mit einer Hand ein paar Tüten von der Couch und bot Martin einen Platz an. Dann setzte er sich. Es war still, nur das Ticken der Standuhr war zu hören.

„Unterhalten wir uns über Pamela Rolsheim", begann Martin.

„Was gibt es da zu sagen", grunzte Bert Riess. „Alles was ich weiß habe ich damals schon der Polizei gesagt. Der Unfall ist längst vorbei und vergessen."

„Nicht ganz", erwiderte Martin. „Wissen sie, wo Pamela wohnte?"

„Ist das wichtig?"

„Es ist von äußerster Wichtigkeit."

Bert Riess überlegte. „Sie wohnte in der Stadt. Ihre Adresse stand auf dem Schreiben der Versicherung."

„Waren Sie jemals dort?"

Eine Pause entstand. Bert Riess zeigte durch seine Haltung, wie unbehaglich er sich fühlte. Widerwillig antwortete er: „Ja, ich war einmal dort."

„Wann war das und was wollten sie dort?"

„Hören Sie, ich wollte nur mit ihr sprechen, weiter nichts. Ich weiß nicht mehr wann es war. An einem Abend. Früher Abend musste es gewesen sein. Sie war gerade von der Arbeit gekommen. Ich wollte meine Wut und meine Aggression loswerden. Ich weiß nicht mehr, was ich genau zu ihr sagte. Vielleicht war ich zu aufbrausend und laut. Ich konnte mich nicht beherrschen. Sie lachte nur über mich und meinte, ich sei selbst schuld! Schuld an dem Unfall, an dem meine Frau …", seine Stimme brach.

„ … verletzt wurde und einige Zeit später an den Folgen verstarb", beendete Martin den Satz.

Bert Riess schaute traurig drein.

„Aber Sie waren schuld. Die Polizei hatte den Umstand untersucht und Sie für schuldig befunden."

„Ja, das stimmt", sagte Bert Riess kleinlaut. „Die Polizei hatte so entschieden. Aber wenn Pamela nicht da gewesen wäre und wenn sie wegen dem scheiß Reh nicht gebremst hätte, dann wäre ich nicht auf sie aufgefahren. Dann wäre meine Frau heute noch am Leben! Sie war schuld daran!"

„Und deswegen haben Sie ihr auch diese Nachricht: `Du bist schuld´ auf einen Zettel geschrieben und ihr in den Briefkasten gelegt?"

Bert Riess Augen weiteten sich. „Woher wissen Sie das? Ja, ich habe diese Nachricht geschrieben. Kurz nachdem meine Frau gestorben war. Ich wollte Pamela Rolsheim Angst machen. Sie sollte Angst haben und sich beobachtet fühlen. Wenn sie aus dem Haus ging oder einkaufen oder zur Arbeit fuhr, sollte sie sich nicht mehr sicher fühlen. Irgendetwas musste ich doch tun!"

„Ich verstehe."

„Wissen Sie, wie das ist, wenn man seine Frau monatelang pflegt und die ganze Zeit über Hoffnung hat, dass sie wieder ganz gesund wird? Der Zustand sich aber nicht verbessert und man machtlos zusehen muss, wie sie in den eigenen Armen liegend stirbt? Ohne ihr helfen zu können? Wissen Sie, wie das ist? Ich hätte Pamela Rolsheim umbringen wollen, für das, was sie uns angetan hat!"

„Haben Sie?"

Bert Riess schrie auf: „Nein, ich habe ihr nichts angetan! Ich sagte, ich würde sie am liebsten umgebracht haben, aber ich tat es nicht! Ich habe ihr nur die Nachricht geschrieben. Sonst nichts!"

Eine Pause entstand. Martin sagte mitfühlend: „Ich danke Ihnen für Ihre Offenheit. Ich fühle mit Ihnen. Der Verlust Ihrer Frau tut mir sehr leid. Ich glaube Ihnen, dass Sie Pamela Rolsheim nicht umgebracht haben. Jedenfalls wurde durch Sie nun das Rätsel dieser Nachricht gelöst. Ich danke Ihnen." Er stand auf und ging zur Tür. „Ich hoffe für Sie, dass Sie über den Verlust Ihrer Frau hinwegkommen und wieder ein geregeltes Leben führen können. Ich wünsche Ihnen alle Kraft der Welt."

Bert Riess schaute ihn ungläubig an. „Was geschieht nun mit mir? Werde ich dafür zur Rechenschaft gezogen?"

„Nein, sie haben keine Straftat begangen. Seien Sie unbesorgt." Dann drehte sich Martin um und lief zu seinem Wagen. Bert Riess schaute ihm mit leerem Blick nach.

Veronika wollte sich bei Robert für den romantischen Abend revanchieren. Am Nachmittag hatte sie Antipasti, Frischkäsecremes, Oliven, Trauben und frisches Baguette eingekauft. Entgegen ihrer Verabredung, heute Abend etwas essen zu gehen, wollte sie ihm ihre Wohnung zeigen und den Abend hier verbringen. Dafür deckte sie den Tisch, zündete Kerzen an und legte eine

Klassik-CD ein. Gerade, als sie ein Parfüm auftrug, klingelte es an der Tür. Durch die Gegensprechanlage bat sie Robert hinauf zu kommen, sie hätte eine kleine Überraschung für ihn. Wenige Augenblicke später stand er in ihrem Flur. Sie umarmten sich und gaben sich zur Begrüßung ein Küsschen auf die Wange. Er machte eine charmante Bemerkung über ihr neues Parfüm. Sie führte ihn ins Wohnzimmer. Als er den gedeckten Tisch sah, lächelte er. Das hatte er nicht erwartet. Bevor sich die beiden an den Tisch setzten, nahm Veronika seine Hand und führte ihn zu einem großen Bild, das an der Stirnseite des Wohnzimmers hing. Stolz präsentierte sie es und fragte, was er dazu meinte. Es war ein in blau gehaltenes Acrylbild. Sie hatte es selbst in einer besonderen Technik gefertigt. Robert bestaunte es. Es gefiel ihm sehr gut. Die verschiedenen Übergänge von Tiefblau bis hin zu einem zarten Pastellblau, sowie das marmorierte Muster waren sehr gut ausgearbeitet. Veronika freute sich. Es war ihr Hobby, neben der Arbeit in der Kunsthalle, Bilder in verschiedenen Techniken herzustellen. Sie solle eine Ausstellung machen, schlug Robert vor. Wenn sie noch mehrere Bilder in dieser Qualität hätte. Veronika überlegte. Sollte sie ihm ihre anderen Bilder auch zeigen? Sie entschied, dies nach dem Essen zu tun. Dann setzten sie sich. Mit einem Glas Sekt stießen beide auf den wunderschönen Abend an und darauf, dass sie sich kennengelernt hatten.

Es klingelte an der Tür. Robert fragte, ob sie noch jemanden erwartete. Sie verneinte und lief zur Tür. Robert hörte Fetzen eines kleinen Streitgesprächs, das Veronika an der Gegensprechanlage führte. Dann kam Veronika entschuldigend zu Robert zurück. Sie wusste nicht, wie sie Robert den unangenehmen Besuch erklären konnte, denn wenige Momente später standen Martin und Hauptkommissar Frank im Wohnzimmer.

Robert stutzte. Martin schaute ernst zu Veronika, die ihn ihrerseits vorwurfsvoll anblickte.

„Veronika, wer sind die Herrschaften? Möchtest du mich nicht vorstellen?", fragte Robert. Er erhob sich und stellte sich neben Veronika. Er nahm ihre Hand.

„Wir wissen, wer Sie sind", sagte Martin. „Sie sind Robert Somsherr. Der Mann, mit dem sich Veronika seit einiger Zeit trifft. Ich habe viel von Ihnen gehört. Ich behaupte auch, dass Sie mich sehr wohl kennen."

„Ich wüsste nicht, woher." Dann wandte er sich an Veronika: „Veronika, ich habe keine Ahnung, wer das ist. Aber es ist in Ordnung! Wenn es heute Abend unpassend ist mit unserer Verabredung, dann kann ich auch gehen. Lass uns die Tage telefonieren und etwas Neues ausmachen. Die Herren wollen bestimmt mir dir unter sechs Augen reden. Ich bin hier vollkommen fehl am Platz."

„Nicht ganz richtig, Herr Somsherr. Wir sind hergekommen, um Sie zu treffen."

„Bitte? Ich wüsste nicht, was wir miteinander zu besprechen hätten?"

„Wir möchten uns mit Ihnen über Pamela Rolsheim unterhalten."

Robert stutzte. „Pamela Rolsheim? War das nicht die Frau, die meine Mutter pflegte?"

„Sie wissen genau, wer das ist!", sagte Martin bestimmt. Noch bevor Robert etwas darauf sagen konnte, sprach Martin weiter. „Ich hatte ein Date mit Pamela. Noch bevor ich beim vereinbarten Treffpunkt ankam, sah ich Sie aus der Ferne. Sie sprachen mit Pamela, vor dem griechischen Restaurant in der Welfenstraße. Ich erkenne Sie wieder."

„Aha." Robert schaute belustigt zu Veronika. „Ich kann mich nicht daran erinnern, tut mir leid. Aber, wenn es so war, ist es denn von Bedeutung, wenn ich mich mit dieser Pamela zufällig getroffen und mit ihr gesprochen habe? Was wollen Sie überhaupt damit andeuten?"

„Martin, bitte hör auf! Was soll das?", flehte ihn Veronika an. Er war gerade dabei, das zarte Band zwischen ihr und Robert zu zerstören. „Das ist bestimmt ein dummes Missverständnis", sagte sie verzweifelt, „und es gibt eine einfache Erklärung."

Martin schaute Veronika ernst an. Dann sprach er unbeirrt weiter: „Ich weiß nicht, ob Sie so etwas wie ein Gewissen besitzen, Herr Somsherr. Ob Sie Reue empfinden können? Vielleicht sind Sie einfach nur kaltblütig und berechnend?"

Robert lachte laut auf. „Also, bitte!" Er nahm sein Glas Sekt von Tisch, trank es aus und stellte es zurück. „Das muss ich mir nicht anhören oder? Ist das dein Ehemann, Veronika, der jetzt persönlich Rache üben möchte, weil wir beide uns kennengelernt haben?" Er ging in Richtung Wohnzimmertür und wollte den Raum verlassen, doch Hauptkommissar Frank versperrte ihm den Weg.

„Wenn Sie mich bitte vorbeilassen würden? Wer sind Sie überhaupt?"

„Hauptkommissar Frank. Sie werden dieses Zimmer jetzt nicht verlassen."

Robert wandte sich ihm zu und sprach: „Das ist Freiheitsberaubung. Sie können mich nicht gegen meinen Willen hier festhalten. Sie müssten das wissen!"

Da sprach Martin laut und deutlich: „Ich klage Sie wegen dreifachen Mordes an!"

Veronika stieß ein kurzes, ersticktes `Nein´ aus.

Wieder lachte Robert auf. „Ich habe wohl nicht richtig gehört? Ich soll einen Mord begangen haben? Das ist ja lachhaft! Wen soll ich denn Ihrer Meinung nach umgebracht haben?"

„Sie haben Ihre Mutter, Maria Somsherr, Pamela Rolsheim und Alina Pum getötet!"

Eine spannungsgeladene Pause entstand. Robert sagte zunächst nichts darauf. Dann ging er langsam zu Veronika zurück, die sich entsetzt am Esstisch festhielt. Robert grinste und nickte Veronika zu. Übermütig sagte er: „Du hast einen tollen Ehemann, Veronika! Aus Rache erfindet er Geschichten! Lass gut sein. So etwas habe ich nicht nötig!" Er blickte sich um.

Hauptkommissar Frank schaute Martin an und ging dann auf Robert zu. Roberts Gesicht wurde plötzlich ernst. Er sah aus, als ob er fieberhaft nachdachte. Er schnappte sich blitzschnell ein Messer, das auf dem gedeckten Esstisch lag und zog Veronika dicht an sich heran. Diese schrie auf. Von hinten hielt er ihr das Messer an die Kehle. Er sagte langsam und beherrscht: „Wenn Sie auch nur einen Schritt näherkommen, dann werde ich ihr die Kehle durchschneiden!"

Hauptkommissar Frank blieb stehen, zog aber seine Waffe.

„Waffe runter!", befahl Robert. „Sie werden uns jetzt beide gehen lassen. Wenn ich merke, dass Sie mir folgen, ist sie tot!" Hauptkommissar Frank legte seine Waffe vor sich auf den Boden und kickte sie Robert mit dem Fuß zu. Robert hob die Waffe auf und steckte sie ein. Dabei hielt er Veronika fest im Arm. Er packte Veronika und drückte sie dicht an sich heran. Langsam schlich er mit ihr als Geisel an Martin und Hauptkommissar Frank vorbei, die machtlos zusahen.

„Seien Sie vernünftig!", versuchte Hauptkommissar Frank ihn zu beruhigen. „Unten warten zwei Polizeiwagen. Sie werden nicht aus dem Haus kommen!"

„Dann pfeifen Sie ihre Truppe zurück! Ich werde jetzt gehen und Sie werden mich nicht daran hindern!"

Hauptkommissar Kommissar Frank nahm sein Handy und wählte eine Nummer.

„Bitte Robert, lass mich gehen!", bat Veronika weinend. „Ich liebe dich doch. Du könntest mir nie etwas zu Leide tun!"

„Sei still! Halt einfach nur deinen Mund!"

Robert ging weiter in Richtung Wohnungstür, Veronika dicht an sich gedrückt. Dabei lief er rückwärts und behielt Martin und Hauptkommissar Frank fest im Blick. Kurz bevor er an der Wohnungstür angelangt war spürte Robert den Lauf zweier Pistolen an seinem Hinterkopf. Eine raue Stimme schrie: „Messer fallen lassen!" Zwei Polizeibeamte waren Hauptkommissar Frank gefolgt und in die Wohnung gekommen. Von hinten hatten sie Robert aufgelauert.

Robert erstarrte. Er seufzte. Dann ließ er das Messer fallen. Veronika fiel auf den Boden. Entsetzt starrte sie ihn an. Er hob den Kopf und schaute sie liebevoll an: „Es war Liebe, Veronika? Ich spürte, dass es etwas Besonderes war zwischen uns. Ja, ich liebe dich auch. Vom ersten Augenblick war ich in dich verliebt. Ich wollte mit dir neu beginnen. Was soll ich sagen?" Er schaute in die Runde. „Es tut mir nicht leid. Es waren alles nur kleine, unbedeutende Lichter in dieser Welt. Kein Mensch wird je um sie trauern. Ihr Leben war nichts wert!"

Veronika stand auf und blickte ihm in die Augen: „Mörder!" flüsterte sie. „Du Mörder! Und ich …" Sie nahm die Hände vor das Gesicht und begann bitterlich zu weinen. Martin nahm sie in den Arm und tröstete sie.

„Abführen!" befahl Hauptkommissar Frank. Robert wurde von den beiden Beamten in Handschellen gelegt und aus der Wohnung geführt.

15

Martin, Veronika und Hauptkommissar Frank saßen am gedeckten Esszimmertisch zusammen. Robert war nun schon vor einer halben Stunde abgeführt worden. Veronika sah traurig und erschöpft aus. Martin blickte sie mitfühlend an. Er hätte ihr das Glück einer neuen Liebe gewünscht und war sehr betroffen, dass sich alles als falsch entpuppt hatte. „Es tut mir leid, Veronika", sagte er. „Ich weiß, du hast ihn sehr gemocht. Und du hattest wieder angefangen zu träumen. Ich glaube, dass er dich wirklich gemocht hat."

Sie schaute ihn warmherzig an. „Ich danke dir, Martin. Wer weiß, was geschehen wäre. Wenn du nicht …"

„Ja, wer weiß."

Hauptkommissar Frank, der ruhig daneben gesessen hatte, hob den Kopf und sagte neugierig: „Nun, Herr Fennberg, jetzt möchte ich doch noch einmal in allen Einzelheiten wissen, wie Sie auf Robert Somsherr gekommen sind? Frau Fennberg wird es sicher ebenso wissen wollen."

Martin setzte sich aufrecht hin und begann: „Es war nicht so einfach, da es eine Vielzahl an Möglichkeiten gegeben hatte. Mehrere Personen hatten Motive und bestimmt auch die Gelegenheit, die Morde zu verüben. Doch eines machte mich stutzig: Es gab eine Diskrepanz zwischen dem, was Frau Juck und Frau Brunsbüttel über Robert Somsherrs Mutter berichtet hatten und dem, was Robert selbst über seine Mutter erzählt hatte. Laut Roberts Aussage, war seine Mutter in den letzten Monaten depressiv. Sie hatte den Tod ihres Mannes nicht verkraftet und wollte nicht mehr weiterleben. Robert sprach von ihrer tiefen Sehnsucht, bei ihrem Mann sein zu wollen. So schilderte es mir Veronika. Nun, Frau Juck und Frau Brunsbüttel beschrieben Frau Somsherr als lebenslustige, intelligente, ältere Dame, mit der Pamela immer sehr viel Freude und Spaß hatte. Diese beiden Aussagen passten nicht zusammen. Eine davon konnte nicht stimmen. Da mehrere Personen unabhängig voneinander die Mutter als lebensfroh beschrieben, lag es auf der Hand, dass Roberts Beschreibung seiner Mutter falsch sein musste. Warum wollte er allen weismachen, dass sie sterben wollte? Dass sie Todessehnsucht hatte? Nun, wenn sie eines Tages wirklich sterben würde, dann wäre es für alle anderen keine Überraschung. Selbst, wenn sie sich selbst das Leben nehmen würde, würde keiner an ihrem Selbstmord zweifeln. So war der Plan. Ich glaube fest daran, dass Robert seine Mutter vergiftet und es als Selbstmord dargestellt hat."

„Aber da gab es den Abschiedsbrief. Die Handschrift wurde überprüft und als ihre identifiziert", gab der Hauptkommissar zu bedenken.

„Ja, der Brief. Sehen Sie, sie hatte ihn tatsächlich selbst geschrieben. Aber einige Monate vor ihrem Tod. Ich denke nicht, dass die Polizei das Alter des Briefes bestimmt hat oder?" Hauptkommissar Frank schüttelte den Kopf. Sie hatten nur die Identität des Schreibers überprüft.

„Nehmen wir an, dass sie sehr traurig war, als ihr Mann gestorben war. Vielleicht hatte sie ihre Gefühle in ein Tagebuch geschrieben? Sie wollte ihm am liebsten folgen, weil sie ihn vermisste. Sie wollte bei ihm sein. Solche Gefühle sind sehr verständlich und nach einer langen Ehe sehr nachvollziehbar. Robert könnte den Tagebucheintrag gefunden haben. Der Plan, seine Mutter umzubringen, könnte da seinen Ursprung gehabt haben. Einige Zeit später könnte er unbemerkt die Seite herausgetrennt haben. Er behielt sie und legte sie am Todestag als Abschiedsbrief auf den Schreibtisch. Jeder musste glauben, dass sich die Mutter selbst umgebracht hatte."

„Aber warum wollte er seine eigene Mutter töten?",
fragte nun Veronika.

„Ich nehme an, er brauchte Geld. Vielleicht hatte er
etwas geerbt oder vielleicht gab es eine Versicherung.
Das müsste man noch genauer nachprüfen. Du hast es
mir selbst erzählt, Veronika. Er kaufte sich kürzlich eine
große Wohnung am Kühlen Krug. Ich denke, er brauchte
das Geld um seine Schulden zu bezahlen. Auf den
natürlichen Tod seiner Mutter wollte er nicht warten. Sie
bedeutete ihm nichts. Er sah nur sein ihm zustehendes
Erbe. Je länger sie gelebt hätte, umso mehr Geld wäre
für ihre Pflege aufgebraucht worden. Am Ende hätte er
vielleicht nichts oder nur wenig bekommen." Martin
machte eine Pause. Er überlegte und lächelte leicht: „Ich
muss zugeben, es waren alles nur Spekulationen. Es war
ein Risiko und ich wusste nicht hundertprozentig, ob ich
Recht hatte. Aber Roberts Verhalten vorhin zeigte, dass
ich mich nicht getäuscht habe. Noch etwas führte mich
auf seine Spur. Veronika, du hattest mir ein Bild von
Robert gezeigt, erinnerst du dich? Ich erkannte ihn
wieder. Ich hatte ihn schon einmal vor dem griechischen
Restaurant gesehen, kurz vor meinem Date mit Pamela.
Er hatte also zu Pamela persönlichen Kontakt. Die
beiden waren sich bekannt. An einen Zufall glaubte ich
nicht."

„Aber warum musste Pamela sterben?", fragte Hauptkommissar Frank.

„Ich glaube, sie ahnte, dass etwas mit dem Tod der Mutter nicht stimmen konnte. Sie wusste ja, wie lebensfroh diese gewesen war. Nehmen wir an, dass sie Robert verdächtigte. Und nehmen wir auch an, dass sie es Robert sagte. Wie sollte er reagieren? Er musste sie ruhigstellen, sonst würde sie zur Polizei gehen. Es gibt ein Indiz, dass sie ihn erpresst und er bezahlt hatte. Veronika, du hattest mir in allen Einzelheiten erzählt, was dir Frau Juck über Pamela berichtet hatte. Erinnere dich! Pamela liebte Schmuck, doch sie konnte sich keinen echten Schmuck leisten. Plötzlich kam sie stolz mit einer echten und teuren Goldkette daher. Ich denke, sie hatte sich diese Kette von der ersten Rate gekauft, die Robert an sie gezahlt hatte. Doch Robert war nicht dumm. Er wollte nicht sein Leben lang bezahlen. Außerdem war sie ein großes Risiko für ihn. Sie musste also sterben. Robert war sehr geschäftig, so viel wie möglich über Pamela herauszufinden. Er bereitete akribisch seinen Plan vor. Wie perfide war es, dass er den Mord verüben wollte und ein anderer seinen Kopf dafür hinhalten sollte."

„Doch wie wurde der Mord ausgeführt?", fragte Hauptkommissar Frank.

„Es war nicht einfach, das herauszufinden. Es waren die Flaschen, die mich auf die richtige Spur gebracht hatten."

Veronika und Hauptkommissar Frank sahen sich erstaunt an.

„Es begann mit dem Einbruch in die Wohnung von Pamelas Mutter. Robert suchte einen Zweitschlüssel und wurde auch fündig. Während Pamela nun arbeitete, ging er mit dem Schlüssel in ihre Wohnung. Er suchte die Wohnung nach persönlichen Dingen ab. Unterlagen, Kalender, Tagebücher, alles, was er finden konnte. Da las er, dass sie am laufenden Band Dates hatte, die meist bei ihr im Bett endeten. Am darauffolgenden Tag sollte sie sich schließlich mit mir treffen. Er entschloss, dass ich für ihn als Mörder den Kopf hinhalten sollte. Das war der Plan. Und so geschah es: Am besagten Abend vergewisserte er sich, dass sie sich in dem griechischen Restaurant mit mir traf. Das war der Moment, als ich die beiden vor dem Restaurant miteinander reden sah. Nachdem ich mit Pamela im Restaurant verschwunden war, ging er schnell in ihre Wohnung, und gab eine gewisse Menge KO-Tropfen in jede Flasche, die in ihrer Sammlung stand. Er musste sicher gehen, dass wenn wir etwas trinken sollten, jeder von uns betäubt werden würde. Dann verließ er die Wohnung. Er ging in den Supermarkt und kaufte jede Flasche Alkohol aus ihrer

Sammlung neu nach. Das Date schritt voran und Pamela und ich gingen, wie es bei ihren Dates üblich war, in ihre Wohnung. Sie mixte mir einen Gin-Tonic und sich einen Martini. Wir beide tranken also einen Drink mit KO-Tropfen. Der Abend wurde nach der zweiten Runde Drinks zunehmend enthemmter und schließlich landeten wir zusammen im Bett." Er schaute Veronika beschämt an. Diese nickte leicht. „Später, als sich die Wirkung der Tropfen vollkommen entfaltet hatte, kam Robert mit dem Schlüssel in die Wohnung. Er wusste, dass ich mich am nächsten Tag an nichts erinnern würde. Er nahm Pamelas Gürtel und erwürgte sie. Ich muss daneben im Bett gelegen haben. Wahrscheinlich war ich schon eingeschlafen. Er tauschte nun ein Glas gegen ein neues Glas aus. Somit waren darin keine Spuren von KO-Tropfen zu finden. In das andere Glas gab er zur Sicherheit noch mehr Tropfen hinein. Seine nächste Aufgabe war es, die Flaschen auszutauschen. Er schüttete etwas Alkohol aus den neuen Flaschen ab, damit sie wie gebraucht aussahen und stellte sie in die Bar. Dabei veränderte er die Reihenfolge und achtete nicht darauf, dass die Etiketten alle nach vorne zeigten. Dies war ein Fehler, wie sich später herausstellte. Er nahm die alten Flaschen mit und entsorgte sie in einem Glascontainer. Die Polizei fand somit nur KO-Tropfen in Pamelas Glas, die restlichen Spuren waren verwischt. Ach, Robert dachte an alles. Er drückte noch Pamelas

167

Fingerabdrücke auf die Flaschen und auf das eine Glas. Er selbst trug Handschuhe. Der Mord war fast perfekt ausgeführt. Was geschah dann? Ich erwachte am nächsten Morgen und floh aus der Wohnung. Pamelas Leiche wurde entdeckt. Dass ich auch betäubt worden war, konnte man nicht mehr nachweisen, da ich mich erst am späten Nachmittag der Polizei stellte und die Tropfen nicht mehr nachweisbar waren."

Hauptkommissar Frank nickte bewundernd. „So könnte es gewesen sein", sagte er. „Aber warum musste dann auch Alina Pum sterben?"

„Zuerst muss ich über die Beziehung von Robert und Veronika sprechen. Zu Alina Pum kommen wir später. Als Robert in der Agentur dich, Veronika, das erste Mal sah, hörte er deinen Nachnamen: Fennberg. Er wusste, dass du meine Frau sein musstest. Warum warst du sonst in der Agentur? Er machte sich dir kurzerhand bekannt. Er spürte sofort, dass du ihn attraktiv fandest. Er witterte seine Chance, über dich etwas Näheres über den Stand der Ermittlungen herauszufinden. Würde sein Plan aufgehen und ich verurteilt werden? Sehr geschickt fädelte er es ein, als er dir in der Mittagspause folgte und sich in das gleiche Restaurant am Marktplatz setzte. Es sah wie ein Zufall aus. Du sprachst ihn an und ihr verbrachtet die Mittagspause gemeinsam. Es kam ihm sehr gelegen, dass du dich von ihm angezogen fühltest.

Wahrscheinlich fand er dich auch attraktiv, doch die Triebfeder, sich mit dir zu treffen, war wohl eher Berechnung. Würde er dich bei der Stange halten, würde er mehr herausfinden. So war es auch. Durch dich erfuhr er, dass ich freigelassen wurde und nicht mehr der Hauptverdächtige war."

„Aber ich habe nie mit ihm über dich oder den Fall gesprochen?", erinnerte sich Veronika.

„Aber du erzähltest ihm, dass wir uns getroffen hatten. Er wusste also, dass ich wieder frei war. Er zählte eins und eins zusammen und wusste, dass er neu handeln musste. Da die Spur nicht zu ihm führen durfte, musste er einen anderen Schuldigen finden. Er durchsuchte seine Aufzeichnungen, die er in Pamelas Wohnung gemacht hatte erneut und stieß auf Nils Fristur, Pamelas Stalker. Er sollte der nächste Schuldige werden. Wieder brach er in eine Wohnung ein. Dieses Mal in Nils Wohnung. Dieser hatte auch Dates, wie sich herausstellte. Auch mit der armen Alina Pum. Er beobachtete Nils, wie er sich eines Abends mit ihr traf. Er ging den beiden nach und wartete vor Alinas Wohnung. Nachdem Nils nach dem Date aus Alinas Wohnung kam, klingelte er bei ihr. Alina öffnete die Tür. Vielleicht glaubte sie, dass Nils wieder zurückkehrte oder etwas vergessen hatte. Robert überredete sie charmant zu einem Getränk. Er betäubte sie und erwürgte sie brutal. Die Polizei fand schließlich heraus, dass es eine Verbindung zwischen den beiden Mordopfern gegeben hatte. Nils traf sich mit beiden Frauen. Und so wurde er verhaftet. Ich selbst habe ihn identifiziert und belastet, indem ich sagte, dass er Pamela nachgestellt hatte. Der Arme wusste nicht, wie ihm geschah. Robert schien in Sicherheit zu sein. Sein Plan ging auf."

Martin schaute Veronika mitfühlend an. „Es tut mir so leid für dich. Aber schau, du konntest dich wieder neu verlieben und du wirst es wieder tun, da bin ich mir sicher. Robert sollte es nicht sein. Er zeigte dir aber, was möglich ist. Und das ist gut so."

Hauptkommissar Frank klopfte Martin anerkennend auf die Schulter. Das, was Martin berichtet hatte, schien Hand und Fuß zu haben. Da Robert durch sein Verhalten seine Schuld gewissermaßen zugegeben hatte, war der Fall gelöst. Am nächsten Morgen wollte er Nils Fristur aus der Untersuchungshaft entlassen. Er sagte stolz zu Martin: „Ich bin froh, dass ich mich nicht in Ihnen getäuscht habe! Ich gebe zu, anfangs hatte ich meine Zweifel. Es hätte so sein können, das müssen Sie zugeben, doch Sie gehören auf die richtige Seite! Ich hätte auf mein Gefühl vertrauen müssen!"

Veronika musste trotz der schlimmen und ernüchternden Erfahrung doch ein bisschen lachen, denn sie war ebenso stolz auf Martin. Stolz mit ihm als Team ermittelt zu haben. Sie bot den beiden Männern Antipasti, Käse, Trauben und Baguette an. Diese griffen sofort zu. Unzählige Geschichten und Erfahrungen wurden ausgetauscht und mehrere Flaschen Wein geöffnet. Der Abend endete spät. Zufrieden und ausgelassen verließen die beiden Männer gegen drei Uhr nachts Veronikas Wohnung.

16

„So geschah es", endete Martin.

Frau Juck sah Martin bewundernd an. Dass der Mord so genau geplant und die Zusammenhänge so kompliziert gewesen waren und er dem Mörder trotzdem auf die Schliche gekommen war, beeindruckte sie. Auch Frau Rolsheim nickte anerkennend. Pamela war ein Glied in einer verhängnisvollen Kette gewesen. Warum nur war sie nicht gleich zur Polizei gegangen, bedauerte Frau Rolsheim traurig. Sie war zu gierig gewesen und dachte, dass sie damit durchkommen würde.

Es sei immer sehr gefährlich, mit einem Mörder Geschäfte machen zu wollen, meinte Martin. Wer einmal tötet, hat keine natürliche Hemmschwelle mehr und tötet leicht auch ein zweites Mal.

Robert Somsherr hatte keine Moral und kein Gewissen. Seine eigene Mutter umzubringen zeugte von einer maßlosen Skrupellosigkeit. Er verstrickte sich durch Pamelas Erpressung zunehmend tiefer in die Geschichte. Es war nur eine Frage der Zeit, bis er den Überblick verlor, Fehler machte und entdeckt wurde.

Martin schaute Veronika an. Es war Zeit, sich zu verabschieden. Veronika bedankte sich bei Frau Juck und bei Frau Rolsheim für ihre Mithilfe und ihre Offenheit. Es sei nicht selbstverständlich gewesen, einer fremden Person in solch einer schwierigen Situation Glauben zu schenken. Ohne ihre Informationen wären sie niemals so weit gekommen. Freundschaftlich reichten sie sich die Hände.

Nachdem sich die Tür geschlossen hatte, standen Martin und Veronika alleine auf der Straße. Auch für sie war die Zeit des Abschieds gekommen. Martin bedankte sich bei Veronika für ihr Vertrauen und ihre bedingungslose Mithilfe. Es war schön, aber auch schwierig für ihn gewesen, mit ihr zusammen zu sein. Zu wissen, dass sie nun kein Paar mehr waren, machte ihn traurig. Und es tat ihm weh, dass ihre gemeinsame Zeit vorüber war. Die Tatsache, dass sie dennoch beide eine gewisse Verbundenheit spürten, dass sie sich gegenseitig noch etwas bedeuteten, war für ihn sehr wichtig. Er wollte sie nicht ganz verlieren. Er musste sich mit einer Freundschaft arrangieren und er wusste, dass er irgendwann dazu im Stande war.

Er reichte ihr die Hand. Sie nahm seine. Sie schaute ihn vertraut und liebevoll an.

„Ich danke dir", sagte Martin.

„Ich werde immer da sein, wenn du meine Hilfe brauchst."

„Das weiß ich."

Sie atmete tief ein. Dann lächelte sie ihn an und drehte sich um. Martin schaute ihr nach, bis sie nicht mehr zu sehen war. Dann stieg er in sein Auto und fuhr davon.

Weitere Bücher von Günther Tabery mit Martin Fennberg als Detektiv:

Band 1:   Ave Maria für eine Leiche

Band 2:   Stumme Gier

Band 3:   Doppelte Fährte

Band 4:   Dramatischer Tod

Band 5:   Faules Ei

Band 6:   Tödlicher Irrglaube